아일랜드식탁

아일
랜드
식탁

김호정 글 · 그림

팜파스

자연스레, 오늘
아일랜드식탁에서

차례

자연스레, 오늘
아일랜드식탁에서

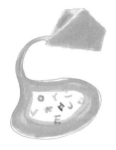

4

1

옐로우 파프리카 커넥션

옐로우 파프리카
커넥션

·

*

'호롱이? 낙지 호롱인가?' 하고 얼굴을 더 가까이 대고 보는 중이다.

낙지보다는 더 통통하고 뭔가 더 묵직한 문어류 같다.

그 색깔은 마치 옐로우 파프리카, 싱싱한 캡시컴의 탱탱한 윤기또한 띠고 있다. 이것이 샤프론 같은 것으로 물들어서인가 하고자세히 보니, 원래 그렇게 노오란 몸이라 판단되었다. 그런 몸에보라의 둥글둥글한 빨판이라니, 겉은 노랗고 속은 보라의 무엇인 것일까? 하고 다시 더 그냥 보는 중이다. 그것은 한 송이 꽃처럼 몸을 꼬고 서 있다.

이곳에서는 음식이 공중으로 흐른다. 지구 행성에서 회전 초밥

집이 유행이라면 여기서는 공중 흐름 음식점이 대세라고 한다. 마치 큰 비눗방울과 같은 둥근 공기 속에 음식이 담겨 있다. 그리고 그것은 손님 앞으로 옮겨와 멈춘다.

'나는 별로 먹고 싶지 않은데…. 그렇게 질긴 무언가를 먹느라 내 힘을 쏟고 싶지는 않아, 지금…'이라 생각하고 선택하지 않은 채 있자, 녀석은 '시도해봐'라는 것처럼 앞에서 움직이지 않고 있다. '알겠다'는 신호로 고개를 끄덕이자, 노오란 꽃 한 송이 같은 그 녀석은 바로 접시 위로 내려와 사뿐히 놓인다. 포크와 나이프로 살짝 건드리니 이내 먹기 적당한 크기로 변했다. 포크로 집어서 향을 맡고 입속으로 넣자, 이것은 쫄깃한가 싶은 첫 질감을 주더니 한 번 깨물자, 푸딩처럼 연해진다. 한 번 더 깨물자, 입안에서 뭔가 상쾌한 탄산처럼 '타닥타닥' 터지며 시원한 느낌을 주고 순식간에 사라졌다.

목구멍으로 넘어가는 건 어떤 연기 같은 것이다. 음식인 듯 공기인 듯한 그것을 마시니 콧속을 통해 연기가 뿜어져 나왔다. 맛은? 모르겠다. 이것을 표현할 무엇이 있을까.

'나는 먹은 것인가? 느낀 것인가? 기억하고 있는 것인가?'

방금 막 이곳으로 들어와 맞은편에 앉고 있는 한 존재와 눈이 마주친다.

'말'인가? 백마의 머리를 하고 있다. 그리고 살갗을 가리고 있는 저 푸른 것은 의복인 것 같다. 그는 두 발로 걸어 들어왔고 두 손을 위생증기에 가져다 대고 추천 음식이 나오기를 기다리고 있다. 손가락이 몇 개인지 세어보지는 않았다. 너무 긴 시간 동안 쳐다보는 것이 식사하러 온 자에 대한 예의가 아니라고 여겨졌다.

음식이 담겨 있던 접시가 비워지고 손에 들고 있던 포크와 나이프를 그 위에 놓자, 순식간에 이동하여 바 테이블 앞 긴 스툴에 앉아 있다. 그리고 앞에는 검은 의상을 입은 은색 플루트가 바 건너편에 서 있다. 노래가 흐르듯 선율이 그로부터 이쪽으로 흘러들어왔다. 그것이 '어떤 디저트를 드시겠어요?'라는 의미라는 것을 알아듣는다. 북쪽의 리즐링을 예쁘고 얇은 플루트에 담아 달라고 요청했다.

밖으로 나왔다. 가게 안과는 전혀 다른 민트와 레몬그라스 향이 나는 거리이다. 벤치로 보이는 것에 앉아 있으니, 누군가 곁으로 왔고 굵은 음성으로 말을 했다. 그는 자신으로 인해 딸이 스스로 불 속으로 뛰어들었고, 분노의 신으로부터 그의 목은 잘리고 머리가 불탔다고 한다. 이후, 머리를 찾을 수 없었던 그는 희생제의 제물로 바치려던 염소의 머리로 살아가게 되었다고 했다.

이쪽으로 물담배 파이프를 건네었다.

그는 이야기를 계속 이어갔다.

어떤 채식가의
큰 고기 잡는 날

·

§

녀석은 삼치보다 크다. 웬만한 녀석도 돼지 뒷다리만 하기도 하다. 온몸에 털이 보송보송하여 때가 될 때까지 건드리지 말라고 얌전하게 심술을 낸다.

누렇고 붉은 감들이 익었다고 시골에서 보내준 택배 속에 '동아'가 함께 탑승하여 왔다. 피부가 야생의 푸른빛을 띤다. 그 전체를 감싸듯 돋았던 털가시들은 이제 수그러들어 뽀오얀 흰가루처럼 덮여 있다. 녀석은 생명선이 끊어지고서도 여전히 위장 중이다.

오늘은 널 잡아야 하는 나의 식탁 위에 도마를 놓고 너의 몸뚱이를 작지 않은 크기로 자른다. 그리고 동시에 가죽을, 아니 껍질을 싹둑싹둑 제거해준다.

이렇게 고운 몸이 있을까, 어떤 생명체였던 것인가.

검은솥은 그 흰 몸뚱이들을 담아 낸다.

오늘은 어느 채식가의 큰 고기 잡은 날.

동아 잡는 날.

동아를 조리하는 법 중 가장 심플한, 그리고 가장 좋아하는 방법

긴 동아의 중간 그 허리춤을 가른다.

그리고 길게 세로로 한 번 더 가른다.

그렇게 전체 동아를 4등분으로 토막 내어 놓고, 우선 그 ¼을 6~7cm 폭으로 잘라 껍질과 속을 분리하면서 덩어리로 만들어 준다.

이 모양은 마치 고등어와 같은 생선을 동강이로 잘라낸 모양새 이다.

두꺼운 솥이 달구어져 뜨거워지면 포도씨유를 두르고 동아 흰 덩이를 크게크게 듬뿍듬뿍 넣어준다.

쟈글쟈글 소리가 난다.

그 몸이 잠기도록 물을 부어준다.

뚜껑을 덮는다.

끓으면, 락솔트를 갈아 뿌려준다.

그렇게 중불에서 익히면 흰 덩이의 동아는 좀 더 투명성을 가지게 된다.

자작한 국물과 함께 그릇에 담아 낸다.

현미, 흑미, 그리고 귀리를 함께 밥을 한 것에 동아 살과 국물을 끼얹어 먹는다.

참으로 귀한 한해의 선물이다.

이 고귀한 투명한 흰 녀석을

음미하는 늦가을 밤

오븐이 없는 삶

·

∞

귀국하고 가장 먼저 구입한 살림이 오븐이었다. 그것을 이용하는 요리들을 즐겨 만들기도 하고 연구도 하는 시간들과 문화 속에 있었기에 오븐이 필요하다는 건 당연하였다.

요즘은 오븐을 잘 사용하지 않는다. 오븐이라는 것이 상당히 에너지 효율적이지 않다고 여겨졌기 때문이다. 가족을 이루고 살거나 여러 명이 먹을 음식을 하는 것이 아니라 한 명의 나 스스로를 위한 작은 음식을 만들고자 예열을 하고 거의 한 시간 혹은 그 이상으로 뜨겁게 오븐을 켜놓고 열에너지를 사용하는 것은 자꾸 더 뜨거워지고 있는 이 지구를 위해서도 바람직하지만은 않다고 어느 날 자각되었다. 그럼에도 불구하고 몇 년 전까지 스스로 천연 발효빵을 만들어서 오븐에 구워 먹기도 했다. 발효 종을 키우는 시간을 가지고 빵으로 만들어지게 될 도우를 치대고 부풀리고 하는 그런 시간과 과정이 몸에게 건강하기도 하고 정신적으로도 힐링이 되어서, 어느 저녁에는 그렇게 빵을 만들어놓고 다음 날 아침에 먹기도 했었다. 그런 과정 중에도 나만을 위해 이렇게 긴 시간 동안 고온으로 오븐을 켜 놓는다는 것이 역시나 좀 과에너지 사용이다 싶었었다. 아마도 이러해서 빵을 주식으로 하는 나라의 지역에서도 그 동네 사람들의 빵을 구워주는 공동의 화덕이 있는 장소가 존재하는 것이라 여겨졌다. 그리고 빵이라는 것과 그런 공간은 상당히 공동체적인 음식 문화 중 하나일 수 있다고 자연스레 깨달아지기도 했다. 예전에 우리의 시골 동네 방앗간으로 추수한 곡식들과 함께 사람들이 모이거나, 특별한 날을 위해 곡물을 챙겨 와 가가호호의 정과 이야기가 나눠졌던 것처럼.

스스로 빵을 만들어 먹었던 이유 중 하나는 마음에 드는 건강한 빵을 만드는 빵집이 동네에 없었기 때문이기도 했다. 빵집도 제과점도 참 많다. 무척 많이 있다. 다만 건강하지 않았다. 재료들이 영 석연찮고 먹고 나면 몸에서 불편함을 일으키는 증상을 보이는 경우가 종종 있었다. 그러다가 몇 해 전, 마음에 드는 빵집이 가까이에 생겼다.

'오, 드디어!'

이곳에서는 건강한 밀가루를 사용하여 천연발효빵을 만든다. 그리고 특히 내가 좋아하는 라이 rye, 즉 호밀을 이용한 검은 라이 브래드를 만들어서 팔았다.

아주 많은 양의 빵을 먹는 편은 아니므로 1~2주에 한 번 정도 이집에서 빵을 구입한다. 딱딱한 발효빵은 비교적 오래 두고 먹을 수 있기 때문에 급히 서두르지 않고 천천히 한 번씩 끼니나 간식으로 먹는다.

무명의(신용카드 기록이 남으니 실제로는 무명이 아닐 수도 있지만) 얼굴이 없는 존재로 어디서든 물건을 사고 조용히 사라질 수 있는 요즘의 소비 관계를 나 역시도 행하고 있기에 그나마 이 빵집에 가서 직접 빵을 고른 이후 매니저나 스태프와 눈을 마주치고 몇 마디의 대화를 잠시 나누고 나오는 것이 일말의 인간적, 혹은 동네 사회 일원으로 약간의 흔적이 남는 먹거리 행위가 아닐까 싶다. 동네의 살림 나눔이 되었었던 예전 방앗간에서처럼.

라이 브래드에게, 기도하는 마음으로

딱딱한 편이고 상당히 검다고 해야 할 라이 브래드 먹는 방법.
편편한 그릇에 라이 브래드 한 장을 놓는다. 데운 우유를 그 위
에 거의 잠기도록 붓는다.
검은 몸에 흰색의 우유가 끼얹어지고 스며든 이 모습을 좋아한다.
농부와 베이커, 그리고 햇살과 물과 땅에게 감사의 마음으로 잠
시 눈을 감고 침묵 이후, 스푼으로 그것을 가르고 떠먹는다.
약간 시큼하면서 담백하고 구수함이 있는 것이 밋밋하니 아주
마음에 든다.

p.s.
오븐은 여전히 거의 사용하지 않는데, 아주 아주 가끔 라자냐 같
은 음식을 만들어 먹을 때 드물게 사용한다.

한 그릇 식사

·

#

마음은 뒤숭숭하고 머릿속이 복잡하였다.

시간을 돌아보게 되었고 뭔가 스스로를 돌아보게도 되었다.

자신이 더 어리석게 여겨지기도 했고

좀 멍하니 어쩌면 서글펐던 것도 같다.

힘없이 축 늘어져 있다가

뭔가 좀 해먹어야겠다 싶어 냉장고 안을 들여다보았다.

'아, 치즈.'

페코리노 한 조각을 거기에 두고 있었다.

껍질을 벗기고 볼에 담고 치즈 그레이터를 대령했다.

마치 둘레 4면을 다른 벽 모양으로 가지고 있는 작은 탑 같고 작은 성 기둥 같기도 한 녀석의 벽면 중 하나를 선택했다. 거기에 페코리노를 대고 눌러 내리니 큰 생선비늘 같기도 한 형태가 내려진다. '이건 좀 큰데….' 다른 면으로 돌려, 보다 좁지만 오히려 두 개의 다른 모양을 가지고 있는 거기에 대고 내린다. 가루 형태이다. '이게 좋겠다.'

쓱쓱 쓱…

어느새 조각은 점점 줄어들고 가루는 수북이 탐스럽게 쌓여간다. 손가락이 다치지 않도록 손바닥으로 치즈를 지탱하고 좀 더 가루를 내리다가 '거기까지' 하고, 작아진 비누처럼 된 녀석을 도마에 놓고 칼로 슬라이스 해서 따로 담아둔다.

내린 흰 가루 치즈의 일부는 용기에 담아 밀폐해서 냉동실에 넣어둔다, 필요 시 간편하게 꺼내 쓸 수 있도록.

약불에 올려두었던 물이 담긴 파스타 냄비의 불을 높이고 물이 끓으면 굵은 소금을 약간, 그리고 스파게티 면을 넣고 끓인다. 타이머로 10분을 맞춰둔다.

깐마늘을 저며준다.

올리브유를 두른 프라이팬에 저민마늘을 넣고 약불로 뭉근하게 익힌다.

파스타를 채에 건져서 바로 프라이팬으로 넣고 올리브유 마늘과 잘 섞어준다.

너무 세지 않은 불에서 조리한다. 서로 잘 섞이면 그 위에 치즈 가루를 뿌려준다고 하기에는 아주 수북하게 두툼하게 얹어준다.

이달 초에 새로 도착한 와인을 열고 살짝 브리딩해주었다.

완성된 파스타를 마음에 드는 그릇에 담았다.

눈은 내리지 않았다.
밥그릇, 아니 내 누릿누릿 거뭇거뭇한 파스타 위에는 하아얀 눈이 수북하게 그렇게 내렸다.

이 붉은 안개 같은 와인을 음미하다가 파스타도 먹어 보려 한다.

'메리 크리스마스!'

\-

어릴 적, 뭔가 골치가 아프거나 우울할 때, 한숨 자고 일어나라고 어머니께서는 권해주곤 하셨다. 그리고 일어나면 "밥 묵어라~" 그렇게 어머니의 따뜻한 밥상이 나를 기다리고 있었다.

빌 에반스를 들으며 좀 더 풍성해졌을 와인을 다시 챙기고 슬라이스해둔 치즈를 취한다.

무맛이 아닌 무맛

·

ㅇ

쏴아아… 쏴아아… 이어지는 비질 소리.

'눈이 왔나…?'

누군가 바깥에서 빗자루로 눈을 쓸고 있다고 눈을 뜨지 않은 채
생각이 들면서 잠에서 깨어난다.

그냥 누워 있는 중이다.

그리고 바흐를 듣는다.

뇌마사지를 그렇게 받으며 음반의 한 바퀴를 돌았을 때 키친으
로 가려고 자리에서 일어났다.

'앗! 차가워.'

밤새 보일러가 켜져 있지 않았던 바닥에 맨발바닥이 닿으니 따끔하게 머리가 먼저 놀란다.

창 쪽으로 가서 블라인드를 빼꼼히 열어 밖을 보니 눈이 느릿느릿 공기 중에서 춤을 추고 있었다.

보일러를 켜고 돌아와 다시 이불속으로 들어갔다.

플레이리스트를 바꿔 넣고 다시 눈을 감았다.

주말이 되어도 버릇처럼 일찍 눈이 떠진다.

'좀 더 자자….'

플레이리스트는 다시 뇌를 마사지하기 시작했다.

'떡국을 먹을까보다.'

다시 키친으로 가려고 그쪽 바닥을 짚었을 때 이번에는 온기로 맞아주는 바닥에 감사하며 주전자에 물을 담았다. 그것이 끓는 동안, 무를 9증9포 한 말린 무차 한 손을 냄비 속으로 좌라락 넣었다. 거기에 물을 부어 불을 올려준다.

주전자에서 끓은 물을 컵에 붓고 미네랄 몇 방울 떨어뜨려 넣었다. 따뜻한 물로 아침을 시작한다.

양배추를 꺼내었다. 어디서 생산된 것인가 다시 확인해본다.

'아, 서귀포 분이삼촌 네 거였지.'

등분을 내어준다. 마치 보도블럭처럼. 필요 시 꺼내 사용하기 용이하도록.

양배추 뿌리 쪽 심과 잎들을 믹서기에 넣는다.

이때, 무차가 담긴 냄비의 물이 끓는다. 중약불로 낮췄다가 그냥 불을 끈다.

냉동실에서 떡국 떡을 꺼내어 물로 씻고 물기가 좀 빠지도록 채반에 둔다.

양배추가 담긴 믹서기에 오렌지 주스를 붓고 함께 갈아준다.

이 오렌지는 발렌시아산이라고 적혀 있다.

그렇게 만든 양배추 오렌지 주스를 유리잔에 부었다. 참 좋아하는 이 따뜻하고 옅은 노란색을 마신다.

냄비의 무차 건더기를 건져 내고 떡을 넣고 중불로 끓인다.

떡이 떠올라 익었다고 신호를 주면 집간장을 국자에 약간 부어 양을 가늠한 뒤 냄비로 넣고 저어준다.

떡이 다 익었다. 간도 적당하다. 그리고 무차 국물도 서로 어울린다.

제법 큰 유기 대접을 꺼내어 식탁에 준비해두었다.

거기에 떡국을 담고 잠시 그 모습을 본다. 동글동글한 흰 몸들.

양념 없이 그냥 구운 김을 위에 올린다.

흰색과 황금색 그리고 검은색, 그들이 무 국물과 서로 섞인다.

작은 그릇에 무생채를 담았다. 곁들임으로 참 좋다.

혹자는 아무 맛도 없다고 할까?

아무 맛도 없는데 참 맛이 있는 슴슴함이 있는 주말 아침. 내가 참 좋아하는 아침이다.

한입… 한입… 천천히…. 이 미려함 속에서 의식은 걷고 걸어 들어간다.

간편하지만 느리게 식사를 한 후, 후식으로 지난주에 열었던 화이트 와인을 사분의 일 잔으로 담고 한입 해본다. 처음보다 더 열린 풍부한 향이 있다.

설거지를 하고 며칠 전에 구입한 구연산을 꺼내어 겉봉투의 정보표기들을 훑어보았다.

비닐 지퍼백으로 된 그 포장을 열어서 작은 입자로 된 내용물을 밀폐 용기로 옮겨 담는다. 그리고 설거지 물빠짐대와 물받이, 수세미를 담은 용기에 약간의 구연산을 뿌려준다. 물때를 좀 빼줄 참이다. 앞서, 포트의 물때도 빼줄 겸, 포트에 구연산을 넣고 물을 가득 채워 끓인다. 포트 내부에서 광채가 난다. 이 끓은 물을 물받이와 수세미가 담긴 용기 속으로 채워 구연산을 녹여준다.

창으로 다가가 눈이 오는 것을 본다.

여러 지붕들에 쌓여가는 눈들.

싱크대로 돌아와 물때 빼줄 녀석을 씻겨준다.
윤이 반짝반짝 나는 그들을 제자리로 장착시켜주었다.

'나도 좀 씻어야겠다.'
그렇게 씻고, 스스로도 정돈을 한 이후 밖으로 나왔다.
기온이 그리 낮지는 않기에 젖은 모양의 흔적만 남긴 채 길 위에 눈이 쌓여 있지는 않다.

별 목적 없이 걸어 보고 싶다.

호수 옆 산책로를 향하는 도중, 제법 많은 동네 주민들이 공원에서 걷고 있음에 새삼 놀랐다.

산책로로 진입하였다. 나무 아래로 우리는 걸어간다, 규칙처럼. 아니, 이 산책로에서는 일종의 규칙이 있다. 시계 반대 방향으로 걸어가는 것이 서로 서로의 진로를 방해하지 않는다는 규칙.

우리는 걸어간다, 한방향을 향하여. 앞사람의 등을 보고 마치 행진을 하고 있는 우리는 어느새 정말 '우리'가 된다.

가끔 고개를 들어 하늘을 보면 겨울의 나무에는 몇개의 마른 잎만 있을뿐, 나무는 하늘에 가지를 널어놓고 무늬를 띄운 채 고요하다. 잠이 들어 있는 듯이.

꼭대기 먼지
닦아내기

·

>

플레이리스트 마지막으로 거문고 산조를 듣고 일어났다.

자주 사용하지 않다 보니 거의 장식처럼 되어버린 그릇이 있다. 모로코와 같은 북아프리카 지역에서 사용하는 '타진'이라고 불리는 용기이다. 적황토색의 그것은 피라미드처럼 우뚝하니 그 공간에 존재한다.

이 거대한 삼각뿔에 쌓인 눈과 같은 먼지들은 목욕할 날이 되었음을 알린다. 선반 위에서 내려와 씻겨주고 말리는 도중, 선반에 쌓인 먼지들도 눈에 거슬려, 그것도 닦아내고 한 단 더 위의 꼭대기에 놓인 램프와 청동 잔도 내려와 닦아주고 씻겨주었다. 몇 개의 도자기 그릇도 씻겼다.

오늘은 여기까지만 닦자.

간단히 버섯검은밥을 해 먹었다. 그리고 이내 씻지도 않고 얼마 전에 발견한 빵집으로 가서 크로와상과 얼그레이 조각 케이크를 좀 사와야겠다 싶어 산책 겸 밖으로 나왔다.

요즘 며칠 동안 느꼈었던 봄날 같은 그 기운이 아니었고, 하늘은 흐리고 기온이 찼다. 잠깐 걸음을 멈췄다. '감기 걸리기 좋겠는데…' 싶었지만 다녀올까 했다. 얼굴에 직접 닿는 공기를 자각하고 마스크를 하지 않고 있음을 알게 되었다. 마스크 착용을 위해 다시 집으로 돌아왔을때 택배가 도착해 있었다.

'겨울초'가 왔구나.

옷을 갈아입고 내용물을 정리해본다. 어머니께서 직접 캐낸 달랭이가 한쪽에 누워 있었다. 지금 맛이 제일 좋다는 자청파. 겨울동안 묻어 두었다가 마지막으로 꺼낸 무우들. 그리고 신문지에 쌓여 있는 것을 펼치니 그 겨울초이다. 가을에 심어져 겨울 기운을 내내 받아내고 이제 막 나온 무척 어린 겨울초.

콩가루를 발견하고 냉동실에서 쑥떡을 꺼내 찜기에 올리고 찌기 시작했다.

그동안에 물을 끓여 겨울초도 삶아낸다. 찬물에 헹군 녀석들을
주먹 크기로 작게작게 여러 개 꼬옥꼬옥 짜놓았다.

콩고물을 보랏빛 큰 접시에 펼쳐 놓고, 이제 막 쪄낸 길고 작은
쑥떡 덩이를 그 위에 놓았다. 해삼 같다, 거뭇거뭇 움찔움찔 움
직일 것만 같다.
쑥떡을 먹고 히비스커스 차를 마시면서 빅터 우튼을 들었다.
오늘 저녁은 좀 일찍 먹어야겠다. 식탁 위에서 봄 달랭이와 짧은
자청파가 어서 저녁을 만들라고 그 향으로 종용을 한다.
'달랭이 자청파 소스와 겨울초 무침'이 주메뉴가 되겠다.
겨울 동안 고마운 친구였던 김에 싸서 먹어도 좋을 듯.

나물과 함께 이제 막 먼저 온 봄날은 꾸물거리는 내게 어서 가자
고 이렇게 이끈다.

자색과 연푸른 꽃불

표준어로는 '달래'라고 불리는 녀석을 집에서는 '달랭이'라고 부
른다.

달래를 자세히 보면 흰 머리에서 푸른 대로 이어지는 부분에 자줏빛이 돈다. 자청파는 그 이름처럼 역시 옅은 자색과 흰색을 띠는 머리와 청색 대가 있다. 대파를 보면 맛있겠다는 생각이 들지 않는데, 여리고 키가 작은 자청파는 딱 보기에도 맛이 좋아 보인다.

그러한 은은한 색의 한복을 입은 여인의 가녀린 매무새를 연상시킨다.

자청파를 총총총 썰고 달랭이도 총총총 썰었다. 향이 열린다.

집에서 담근 효소를 약간 넣고 집간장과 쥐눈이콩 간장을 넉넉하게 넣는다. 참기름을 살짝 뿌리고 통깨를 금방 갈아서 섞어주면 달랭이 자청파 장 소스가 만들어진다.

삶아서 꼭 짜놓은 겨울초를 툭툭 뜯어서 큰 보올에 담는다. 넉넉하게 만들어 놓은 달래와 자청파의 향이 베어든 장물을 겨울초에 쓰윽 끼얹고 무친다.

따뜻한 밥 위에 콩고물을 솔솔 흩어 뿌려준다. 달랭이 자청파 장을 거기에 곁들이고 겨울초 무침도 한술 놓는다.

봄 향의 꽃불놀이가 이렇게 시작이 된다.

몸속에 가득 차오르는 봄의 숨.

팔로 산토
·
()

팔로 산토(Palo Santo). 스페인어로 '신성한 나무'라는 의미를 가지고 있다. 남아메리카 해안에서 자라는 나무이다. 고대 잉카시대 때부터 원주민들이 팔로 산토 조각에 불을 붙여 향을 피워 부정적인 기운을 정화한다고 믿어왔었고, 그 향은 치료의 역할을 해왔다고 한다. 그리고 지금 내게 있는 이 팔로 산토는 페루에서 온 것으로, 자연사한 팔로 산토들이나, 팔로 산토에서 자연적으로 떨어진 나뭇가지들이 숲에서 몇 년의 시간과 함께 지내고 난 후에 수확된 것이다. 머리맡에 이렇게 팔로 산토를 두고 난 후부터, 그 숲 바닥의 긴긴 시간 속으로 공간 속으로 들어가게 되었다. 그렇게 누워 있으니 어디선가 바람이 살며시 불어와 내 앞머리카락을 쓸어 넘긴다. 그대로 잠이 들었다.

아침 8시. 정확히.

옆집에서 나는 제법 큰 소리들에 눈을 떴고, 그렇게 시간을 확인
하였다.

'뭐지… 이사를 가나?'

그랬다. 인부들의 목소리와 분주하게 움직이는 소리들이다. 한
시간 남짓을 그렇게 웅성웅성, 밀고 끌고 하는 큰 소리들이 가득
차 있는 중이다.

정적이다.

그 집에 차 있던 물건들이 모두 빠져나가고 모든 소리마저 빠져
나가 버렸다.

그렇게 정적이다.

순간 나도 모르게 숨죽였다.

한 사람의 몸에서 영혼이 빠져나가는 건, 저런 것과도 비슷하지
않을까?

한 몸을 채우고 있는 그 몸의 주인이 떠나는 것.

아니, 영혼을 채우고 있던 몸이 떠나는 것인가?

시간이 얼마 지나지 않아, 인기척이 다시금 났다. 물건을 두고간 전 집주인?

아니었다. 집 청소하는 청소부이다. 청소도구들의 소리가 길게 이어졌다. 정적 이후에 다시 나오는 분주함이 섞인 큰 소리들이어서, 나는 또다시 뭔가 긴장하고 있었다.

사람이 죽으면 그 몸이 저렇게 닦이고 처리 되어지지 않는가?

청소 후 머지않아 관리인이 들어 오고 인부와의 대화로 더 웅성웅성거린다. 전등 같은 각종 집기들이 체크되고 수리되고 이내 도배가 시작된다.

'휴우… 몸 새로 바꿔서 새 영혼을 맞을 준비에 분주하구나….'

그리고 이상하게도 마음이 차분해진다.

그날 하루 종일 그리고 밤늦게까지 누군가 그 빈 집에서 일을 했다.

아침 8시? 8시 7분.

오늘은 새 몸주인, 아니 새 집주인이 들어오나 보구나.

무척 카랑카랑한 목소리가 자신이 이사 온다는 용무를 우렁차게 아침 주변을 크게 울렸다.

한 시간 즈음 뒤 이삿짐들을 들여오는 인부들의 소리와 짐이 옮겨지는 소리가 가득해졌다.

어떤 봄

어떤 토요일 그리고 일요일에

끓고 있는데
뜨겁지 않은

·

#

슈베르트를 들으며 집으로 걸어오는 길을 좋아한다.

풀꽃들이 피는 5월이면 더 좋다.

그런 때가 되면 습관처럼 당기는 것이 있어 마트에 들린다.

'있나…?'

게롤슈타이너가 그것이다. 지금 찾고 있는 것.

330ml 두서너 병을 사서 장바구니에 넣고 걸어가면 '창그랑 창그랑' 병이 서로 부딪쳐 내는 소리에 발걸음은 조심스럽지만, 귀로는 Moments Musicaux가 흐르고 마음에서 조심을 살짝 풀어 날린다.

하이볼에서 투명한 물이 끓고 있다.

끓고 있는데 뜨겁지 않은 물

이것으로 충분한 봄밤

2

프라이빗 키친

프라이빗 키친

.

*

'오후'였다. 너무 덥지도 춥지도 않은 오후. '아이'이다. 아이는 엄마와 동행 중. 아랫동네로 향하는 엄마. 그 곁에 치맛자락을 잡듯 가까이 붙어 서 있는 아이. 엄마의 허리에도 아직 전혀 닿지 않는 키의 아이가 함께 걸어가고 있는 중이다.

시장이다. 엄마와 함께 아이가 도착한 곳은 시장이다. 너무 많지 않은 사람들, 그러나 그곳을 가득 채운, 아이가 이해 못 하는 소음들이 있다. 어른들의 주고받는 대화들이 있다. 그와 함께 어떤 살아있는 에너지도 있다. 고개를 들어야 보이는, 아이보다 훨씬 큰 사람들의 표정이 보인다. 눈빛들이 교류한다.

그때, 흰 닭을 보았다. 닭은 어두움 속에서 유달리 빛이 난다.

아이는 그 날갯짓하는 녀석에게 눈길을 주고 있었다. 한 사나이가 등장한다. 사나이는 퍼덕이는 날개를 잡고 그 닭을 들어 올려 어떤 물건 속으로 집어 넣었다. 아이는 그곳을 계속 응시 중이다. 잠시 후, 흰 깃털이 하나도 없는 맨살의 축 늘어진 그 녀석이 나왔고 도마 위로 뉘어졌다. 아이의 눈은 커졌다. 그리고 그 눈은 다시 작아지면서 질끈 눈물이 나려고 한다. 끙끙 앓는 소리를 내지 못하고 숨이 가프다.

그날 저녁, 아이는 밥상에 놓인 고기를 먹지 못했다. 그 닭고기가 아니라 돼지고기 볶음이었는데도 그것을 먹지 못했다. 말이 줄어든 상태로 몇 날을 보냈다.

다른 나라 다른 공기 그리고 많은 시간이 흐른 그곳. 흰색의 요리학교 키친에 흰색의 셰프 복장으로 수련 중인 그가 동료들과 함께 서 있다. 요리학교에서는 음식과 연관된 여러 가지 과정이 있다. 키친 매니지먼트 코스는 그중 하나이고, 그중에서 식재료를 다루는 키친 실습시간도 빼놓을 수 없는 필수 과정이다. 다양한 채소, 수산물 그리고 여러 종류의 고기들을 배우고 다루기도 한다. 채소를 여러 다른 이름을 가진 형태로 칼질 해주기도 하고 어떤 날은 갑오징어의 속과 겉을 분리하고, 어떤 날은 농어를 손질하기도 한다. 소, 돼지, 닭, 양 뿐 아니라 토끼나 메추리도 등장한다.

통닭 한 마리를 손질하고 부위별로 분해하여서 요리로 만드는 것은 아마도 여타의 요리학교에서도 곧잘 하는 필수 테스트가 아닐까 싶다.

그에게는 일종의 닭 알레르기가 있다. 닭고기를 먹는다고 죽지는 않지만 먹고 나면 두드러기 증상을 보이고 간지러움을 느꼈다. 그래서 스스로는 잘 먹지 않았다. 그러나 혹시 친구가 손수 만들어준 음식이 닭고기를 이용한 것이라면 거절하지 않고 먹었다.

공부하는 이로서, 그도 닭을 다뤄야 했다. 시험을 앞두고 준비하면서 평생에 잡아오지 않았던 닭들 여럿이 그 손에서 처리되어졌다.

그로 인해 피부에 물집 같은 것이 잡히는 반응을 보이기도 했고, 공포감을 스스로 느끼기도 했다. 닭을 해체하면서 칼을 내리쳐 그 살과 뼈를 자르고 사람이 먹기 편하고 예쁜 모양으로 닭다리를 만들어낼 때 닭과 칼과 그의 손과 몸이 만나는 그 지점에서의 '서걱, 빠직' 하는 느낌은 마음도 평온하지 않을 어떤 종류의 불안감을 주었다.

학생으로서 이 상황을 어떻게 대해야 할지 몰랐던 그는 그렇게 열심히 하였고, 시험 당일에 제법 훌륭하게 와인으로 조려내는 프랑스식 닭요리를 완성해내었다.

여러 과정을 우수하게 통과하였지만, 그는 스스로에게 질문하였다. 그리고 답하였다. '나는 일반적인 커머셜 키친에서는 일할 수 없겠다.' 고기를 만질 때 그는 전혀 행복하지 않았다.

'사람들과 함께 있을 때는 사회관계를 위해 고기를 먹는다고 해도, 혼자 있을 때는 고기를 스스로 굳이 먹지 않아도 되지 않을까.'

키스를 부르는
핫초콜릿 컵

음식과 음료마다 그 각각에 더 잘 어울리는 모양의 그릇이 있고,
질료가 있고, 두께가 있다.

상큼 시큼한 연홍빛을 띠는 석류 음료의 경우, 아주 얇은 유리잔
을 선호한다.

스파클링 와인을 마실 때도 얇은 잔과 입맞춤할 때 훨씬 기분이
좋고 느낌도 좋다. 그런 음료를 두꺼운 잔이나, 심지어 묵직한
컵에 호스트가 담아서 주면, 음료에 대한 그 마음과 센스의 투박
함에 화들짝 놀라기까지 하게 된다. 마치 살랑이고 얇게 비치는
여름 드레스를 아주 두꺼운 검정 가죽으로 된 뭉뚱한 더비슈즈
와 함께 입게 해버린 느낌이랄까. 이것은 시각적 어울림이나 보

기 좋음에서 기인할 수도 있지만 무엇보다 잔을 들고 입술을 대었을 때 그 입맞춤의 적절한 궁합 때문이다.

핫초콜릿의 경우, 얇은 컵은 별로이다. 두툼한 테라코타가 훨씬 좋다.

이번 겨울에는 제대로 된 눈이 없었다.

내일 아침에 눈이 있을 거라는 일기예보를 보았지만 기대를 않고 그 아침을 맞았다.

처음에는 싸락눈이 오는가 했었다. 그리고 한 시간쯤 지나면 그치려니 했다.

그러다가 뜬은 솜사탕 같은 눈이 그야말로 훨훨 내리는 것이다.

큰 눈이다.

핫초콜릿을 만들어서 한잔해야겠다 싶었다.

마침 오랜만에 구해놓은 건강한 우유가 있었고 제대로 만들어보자 싶었다.

냄비에 우유를 넣고 데워 초콜릿 가루를 녹였다. 불의 세기를 낮추고 우유 냄비 속으로 덩어리로 된 다크 초콜릿 커버처를 하나 넣은 후 나무로 된 모리닐로를 두 손바닥으로 맞잡고 돌려가며 녹여준다. 커버처가 섞여 들어가 매력적인 마블링을 보이며 딱 좋다 싶은 초콜릿 색이 된다.

여기에 마무리로 럼을 한 스푼 넣으려다, 좀 더! 두 스푼을 넣고
저어준다.

두툼한 그 테라코타 컵에 담는다. 후후 불어준다.

컵에 입술을 맞추고 초콜릿을 한입 쓰윽 들이켰다.

그렇게 간단히 큰눈 세러머니를 한 후 눈이 내리는 밖으로 나갔
다.

수박 냄새

이 첫눈에서는 수박 냄새가 난다

교회에서 사람들이 쏟아져 나왔다

방과 후 학생들이 그러하듯

종소리가 없는 현대식 교회에서

사람들이 쏟아져 나왔다

어린아이

저 아이에게 이 눈은 몇 번째 경험일까

이 겨울은 그 인생에 있어 여섯 번도 가져보지 않았을 겨울일
게다

눈사람

몇 명의 눈사람들이 그들로 인해 탄생 중일까

엄마와 아이들은 공원 이곳저곳에서 작은 눈사람 만들기에 열

중이다

p. s.

초콜릿을 많이 좋아하는 초콜릿 애호가로서 핫초콜릿 만드는 법

을 몇몇 가지고 있다.

그중 간편하여 자주 선호하는 핫초콜릿 만드는 방법과 재료는 이

것이다.

우선, 우유 대신 작은 검은콩 두유를 선택한다. 당이나 첨가물이

들어가 있지 않은 두유이면 더 좋다(첨가물이 든 두유는 불필요한 잡

맛과 풍미가 과도하게 느껴져서 피한다). 스타벅스의 다크초콜릿 파

우더가 이 조합과 매치가 잘 된다(이 파우더에는 이미 당이 충분히

들어가 있기 때문에 추가로 당은 더하지 않는다). 검은 두유는 우유보

다 더 깊이 있고 진하게 초콜릿을 잡아준다. 럼을 넣어주지 않아

도 이것 그대로 탄탄한 진한 매력이 있다.

세 번 젓는다,
내 오트밀은

·
o

제법 긴 세월 동안 쌀 만큼이나 자주 먹어온 것이 나에게는 오트, 즉 귀리가 아닐까 싶다.

우리에게는 '오트밀'이라는 말로 더 익숙하고, 서양인들은 '포리지'라고 부르는 이 서양식 죽이 어쩌면 나의 최애 일상식 중 하나라고 해도 될 듯하다.

어느 고문학서에서 그 단어나 상황으로 만났거나, 혹은 몸 관리를 위해서 식이요법을 하는 이들이 먹는 음식으로 낯설지만은 않게 알고는 있었다. 그러나 굳이 찾아서 먹지는 않았었다, 그 예전에는.

나의 친구이자 홈스테이 맘이었던 메기가 만들어준, 전날 저녁

부터 준비해서 다음 날 아침에 먹었던 전통방식의 포리지가 아마도 제대로 내가 처음 경험했던 것이다. 그리고 외식 비즈니스를 공부하고 있었기에, 식당이나 카페에서 이런저런 아침 식사를 일부러 사 먹어 보기도 했었다. 돈을 받고 팔리는 포리지는 도대체 어떤 차이가 있는가 알고 싶기도 했고, 즐기는 마음도 컸다. 이 단순한 음식이 집마다 사람마다 서로 다르다는 것도 흥미로웠다. 한국의 죽만 봐도 같은 이름을 달고 천차만별이니.

한국에 돌아와서 처음에는 오트를 구하기가 쉽지는 않았다. 이것을 구하기 위해 외국 식자재 마트를 찾아가기도 하였었고, 그 가격도 만만찮게 비싸서 쉬이 먹을 음식이 아니었었다.
요즘은 이용하는 가게에서 국내산 오트를 살 수 있기에 자주 애용한다.

내가 만드는 내 취향의 오트밀

세 번 저어준다, 내 오트밀은.

먼저, 눌린 오트를 먹을 양만큼 냄비에 담고, 포트에서 끓인 물을 부어서 촉촉하게 오트를 적셔준다. 물의 양은 오트를 적셔줄 정도이면 충분하다. 여기에 오트가 잠길 만큼의 오트밀크를 붓고 저어준다. 그리고 불을 켜고 끓인다. 길지 않은 시간 후 끓으면 이미 밀크 양은 줄어들어 걸쭉함이 생겨 있다. 불을 낮춘후 오트밀크를 한 번 더 더해주고 저어준다. 그렇게 낮은 불에서 더 익힘으로써 오트가 더 촉촉하게 젖어 들어 점점 부드럽게 되도록 시간을 주게 된다. 걸쭉하고 부드럽게 되면 이번에는 우유를 약간 넣고 저어준다. 좀 더 익힌다. 겉도는 물기가 없이 오트와 밀크가 완전히 촉촉하게 하나가 되면 조리 끝. 넓적 오목한 하얀 파스타 그릇에 담는다. 이때 냄비 바닥에 만들어진 오트밀 누룽지를 별미로 좋아하기 때문에 만드는 동안 일부러 열을 높여서 누룽지가 만들어지게 해주기도 한다. 포리지를 그릇에 붓고 냄비 밑바닥에 남은 누룽지가 살짝 덮일 정도로만의 밀크 약간을 부어 놓는다.

이제 그릇에 담아놓은 오트밀을 먹자. 이 음식에서 아주 편안함을 느낀다. 이 오트밀은 푸딩만큼은 아니지만 그릇에 거의 붙지 않을 정도로 밀크와의 융화가 잘 되어 있다. 부드러운 촉촉함과 함께 그릇에 살짝 미끄러질 정도로의 매끈함 또한 있기에, 다 먹고 난 뒤 그릇이 아주 깨끗한 편이다.

오트밀 누룽지도 긁어내어 먹어본다.

'아… 별책 부록 같은 또 별도의 구수한 선물'

블루베리 등의 다른 재료와 함께 조리해보기도 하지만, 역시 내가 주로 좋아하는 것은 딱 저것이다. 오트, 오트밀크, 약간의 우유, 그리고 오트밀 누룽지. 딱 저것.

나는 그렇게 선호하지는 않지만, 제법 많은 식당이나 카페 그리고 사람들이 오트밀에 꿀을 살짝 곁들인다.

너는 왜 담대히
죄를 짓지 못하느냐

·

()

"언제나 차대의 복음은 금대의 무모요 위험이었습니다."

오렌지 계열로 염색한 단발머리, 그리고 창백한 화장 톤.
문을 열어 놓고 자전거를 닦고 있던 나는 순간 당황하여 "안녕하
세요"라는 말 대신, "죄송합니다"라고 목소리가 나와 버렸다. 그
것이 얼마 전 이사 온 옆집에서 갑자기 문을 열고 나오는 그 오
렌지 머리의 사람에게 처음 한 말이 되었다. 그는 아무 말도, 반
응도, 대면도 없이 차갑게 휘익 지나갔다.
나도 문을 닫고 집으로 들어왔다.
일요일 아침이다. 너무 이르지도 늦지도 않은 아침에 일어났고

커피를 내려 마시려고 주섬주섬 챙기는 중이다. 커피 향도 계피 향도 그리고 꿀 향도, 이런 아침도 몇 주만인가.

'한번 마실 분량밖에 남지 않았네.'

거의 비어 있는 원두커피 봉투.

엘라 앤 루이를 듣는다.

이제 한참 동안은 입지 않을 겨울옷 몇 가지를 빼놓고 옷장을 조금 비우고 챙겼다.

양배추 주스를 만들어 마시고 함 선생님 말씀을 꺼내어 오랜만에 읽었다.

예약한 시간에 도시가스 회사에서 기사가 오고, 계량기 교체를 받았다.

흐리고 공기가 맑지 않은 날이지만, 비교적 조용하였고 심신의 컨디션도 좋았다.

있다가 길을 걸어볼까.

"니카라과에서 저희가 구해온 마라카투라예요."

중미에 위치한 니카라과에 관심이 갔다. 나는 여기 처음 와보는 카페에서 마침 발견한 그것을 찬찬히 보고 있는 중이었다. 그

때 옆으로 누군가 다가와 부드러운 목소리로 그렇게 말을 한다. "네…" 하면서 그쪽을 보았다. 순간 나의 눈동자가 흔들렸던 거 같다. 내가 그렇게 반응해서인지 그의 눈빛도 살짝 흔들렸기 때문이다. 그는 미소를 따뜻하게 지으며 이 커피에 대해 이야기를 이어가고 있는 중이다.

'친절한 사람일까? 직업정신이 강한 사람일까?' 내내 미소 짓고 있는 그의 얼굴을 보며 그 다정한 목소리를 들으며 생각 중이다. 그는 옆집에 새로 이사 온 그 사람이다.

아침에 나는 그의 얼굴을 보았지만 그는 그냥 지나갔기에 내 얼굴을 모른다. 창백한 화장톤이었던 아침과 달리, 살굿빛 립밤이 좀 더 생기를 주고 있는 그의 입술은 온기있는 목소리를 내고 있다.

처음 온 이 가게에서 이제 두 번째 보고 알아보게 된 이 사람에게 뭐라 할 말을 잇지 못하고 그 마라카투라 로스팅한 것을 150그램 주문했다.

2주 전쯤 지나가다가 이곳을 발견하였었다. 작지 않은 규모로 보이는 트렌디한 외관에 눈이 갔다. 그러나 당시 제법 많은 손님들이 있었기에 다음에 와 봐야겠다 하고 지나쳤었다.

한 달에 사흘쯤은 허니 시나몬 커피

커피를 진하게 다량으로 잦은 빈도로 마시지는 않는다. 위장도 그리 튼튼한 편이 아니고, 카페인에 비교적 예민하게 반응하는 편이어서 진하게 여러 잔을 마시고 나면 손 떨림도 가끔 있다. 그리고 수년 전, 터키쉬 커피 만드는 것을 즐기다 너무 맛이 좋아 연달아 두 잔을 마신 날에 정신과 몸이 따로 작동하는(정신은 말짱한데 몸은 쓰러졌었다) 경험 이후 진한 다량의 커피는 되도록 자제하면서 살아오는 중이다. 그러나 아름다운 커피를 발견하고 경험하는 것을 좋아한다.

그리고 한 달에 사흘 정도는 계피와 꿀에 내린 커피를 마신다. 몸이 따뜻해져서 참 좋아한다.

"홈브루잉 클라스 혹시 하면 좀 알려주세요." 멤버십에 가입하겠냐는 말에 나는 연락처를 남기고 거기에서 나왔다.

집에 돌아와서는 각종 커피 도구들을 좀 닦아주었다.

'가게에서 일하는 사람을 기억하는 손님이 더 많을까? 그 가게에 온 손님을 기억하는 일하는 사람이 더 많을까?'

아이스크림
한 통이면 되었어

·

#

무엇이 필요하더라, 오늘 장볼 것이 있나 생각을 하다가, '아이스크림 한 통이 냉장고에 있지, 그럼 되었어'라고 스스로 위로가 되면서 걸었다.

사람들에게 민트 초코에 대한 호불호가 있는 만큼이나 민트 아이스크림에게도 호불호가 있을 거 같다.

아이스크림 가게에서 파는 푸른색의 민트 아이스크림을 좋아하지 않는 편이다. 그러나 진짜 민트 아이스크림은 나의 사랑을 받는 여름 디저트 중 하나이다. 내가 텃밭을 하는 이유 중 하나가 어쩌면 허브들을 키우고 그 시간을 음미하는 유희가 있어서일 것이다. 여러 허브들 중 어린 민트순을 즐길 수 있다는 것은 축복이고, 이것의 즐거움을 배가 시키는 것이 아이스크림이다.

시원하고도 뜨거운 여름

몇 종류의 민트들을 심어서 키운다. 5월 후반, 더위가 무엇이었던가 다시금 자각될 때부터 민트 순을 따서 먹기 좋을 때도 시작이 된다. 유월 칠월 팔월 동안 어린 순은 계속 먹을 수 있고, 그동안에 민트는 더 풍성해진다. 그리고 단단해진 잎은 잎대로 민트 티로 뜨겁게 우려내어 마시면 이 또한 여름의 별미이다.

바닐라 밀크 아이스크림에 민트를 생으로 살짝 올려서 아이스크림과 함께 씹어 녹여 먹는다. 그냥 민트만 취했을 때보다 더 큰 시너지가 느껴지는데, 마치 민트가 부드러운 아이스크림에서 점핑 하고 오르는 느낌이다랄까. 아이스크림 또한 이 발랄함을 잘 받아주고 함께 즐긴다.

하나의 다른 팁으로, 리큐어를 거기에 살짝 곁들여도 조화가 아주 좋다.

이걸 먹어 보지 않은 사람은 정말 민트가 무엇인지 모른다고 할 수 있다.

여름에는 아이스크림이다.

가을에도 아이스크림이다.

겨울에도 물론 아이스크림이다.

봄에도 아이스크림이 좋다.

아이스크림 한 통이 있지, 그거면 되었어.

아이스크림과의 또 다른 조화 팁 하나 더.

봉긋한 아이스크림에 풍부한 흑맥주를 부어서 먹는다.

에스프레소를 끼얹어 먹는 젤라또 아포가또 못지않은 매력이 있

다. 수제 흑맥주라면 그 풍요함은 더 하다.

사실,

그냥 아이스크림 한 스푼이면 이 밤은 충분하다.

쓰레기가
되는 기한

·

>

당시에는 나의 우주였고 연결되어 있었던 세계들. 그를 묶은 링들을 하나하나 풀어 분리한다. 그렇게 풀리고 분리되어 쓰레기통으로 들어갈 준비를 한다.

그 당시의 작업 노트들, 스케치북들이 그것들 중 한 부분이고, 어떤 공연 영화 전시들 흔적이 그 일부들이기도 하다.

그래도 버리지 않기로 하는 것. 스스로 만들고 남겨 놓은 레시피 노트들. 비록 휘갈기고 물 번짐이 있어 깨끗하지는 않지만 그냥 다시 둔다. 그리고 방문하였던 여행지 기록 노트들, 인상적이고 좋았던 와이너리의 정보지들(아… 다시 가보는 날이 오게 될까).

책을 읽을 때는 옷처럼 입혀진 책 커버지나 띠지를 벗겨 놓고 취하는 버릇이 있기에, 이렇게 정리하다 보면 어딘가에서 툭 하고 튀어나오는 양말 한 짝처럼 책의 옷과 양말들이 나오기도 한다. '도대체 몇 년 전의 것들인가' 심지어 빛바랜 것들도 있다. 어딘가에서 알몸으로 누워 있을 '제7의 인간'을 찾았고, 다시 옷을 입혀 꽂아 둔다. '씨알의 소리'에게도 흰두루마기 같은 그의 옷을 입혀 책장에 다시 꽂아둔다.

'세상에! 뜯지도 않은 존 레논 DVD도 있다니. 그래… 기억이 나.'

마추픽추와 치첸이트사 여행 당시, 선물받은 고대 달력이 인장된 두툼한 커버의 보라색 노트도 나온다.

전에는 스마트폰보다는 작은 메모 노트에 생각나는 것들을 적어 놓곤 했었다. 그런 것 여러 다발이 여기저기서 나온다.
'이번에는 큰마음먹고 정리해야겠다. 정리할 수 있을 때 정리해야겠다. 정리할 수 있겠다는 마음이 먹어졌을 때.'

몇 개는 그냥 둔다. 아직 출판하지 않은 책 작업을 위한 취재 때

적어놓은 내용 묶음 원본들이다. 생생함이 아직 살아있는 현장의 흔적들 기록들의 휘갈김.

파쇄를 하고 쓰레기봉투에 넣기를 몇 시간째 하여 겨우 책장의 두서너 칸을 정리하고 뒤엉겨 있던 내용물들을 가지런히 꽂아 놓았다.

메모 한 장에도 그것이 가진 생명 기간이 있다는 것을 이런 시간 뒤에 새삼 알게 된다.

'흠… 언젠가는 그릇장을 좀 비우게 되는 날이 오겠지.'

당시에는 내 우주의 궤도 중심에서 나의 시간, 심지어 나 자신조차도 움직이게 하였던 것들.
어느 시기, 짧지 않은 제법 긴 세월이 흐르고서야 그 장력을 '탁' 자르고, 나는 나 자신을 다른 세계로 옮겨놔 놓는다.
나 스스로가 그 우주의 중심축에 서고 에너지의 멀고 가까움에 대한 힘이 되고, 그 우주는 새로이 살아져 간다.

매일, 매주, 채워지는 일반 쓰레기봉투, 음식물쓰레기들은 자주 정리되고 버려지지만 기억, 인력, 인연 등으로 얽힌 것들은 정리되어지기가 참으로 긴 시간이 걸린다, 아무것도 아닌 것까지는 아니더라도 거의 아무것도 아닌 것이 되기까지.

그것이 아무것이 아닌 것으로 되는 것이 아니라 무엇이 되고 나서야 정리되어지는 것이 아마도 더 큰 비중을 차지할 것이다.

분리수거 되는 것들은 정리해서 몇 차례 버리고 난 이후, 산책을 나섰다.

요즘 내가 '잭슨폴락 길' 혹은, '우주 점들의 길'이라고 부르는 곳. 그곳은 거기에 다다르기 전에는 늘 잊혀져 있다가 들어서면 그 빛나는 형상에 멈칫하게 된다. 세 개의 그림자가 두 개의 그림자가 되고 한 개의 그림자로 그곳을 지난다.

어떤 나무 아래 길 위 새의 변들이 만들어낸 형상이 밤이면 더 빛난다, 그것은 별들처럼.

쓰레기의 기한

쓰레기가 되는 기한

3개의 유자에
대한 기록

.

§

완도로부터의 유자가 도착하고 그날 저녁에 큰 유리단지와 작은
병에 절임을 담갔다. 그리고 3개의 유자를 남겨뒀었다.

다음 날인 토요일 아침에 유자 꼭지를 제외한 껍질과 과육, 씨앗
까지 통째 함께 그리고 꿀을 살짝 넣고 갈아서 주스를 만들어 마
셨다. 제법 끈기가 있기 때문에 마시다가 스푼으로 떠먹었다.

아, 대단하다. 향도 인상적이지만 이 묵직한 쌉쌀함이란….

겨울이 더 다가올수록 바깥으로의 움직임을 줄이게 된다. 집에
머물려다, 간단히 아점을 챙겨 먹고 미뤄뒀던 전시에 가보려고
나왔다.

몇 정거장이지만 오랜만에 진철을 타고 이동했다. 건물내 연결로를 통해서가 아니라 가장 가까운 출구를 이용해 곧바로 지상으로 나왔다.

추위와 코로나로 인해서 한산한 빌딩 앞. 블레이드 러너에서나 경험했을 법한 거리의 풍경이 여기에 있다. 이곳의 빌딩들에서는 유달리 큰 화면이 움직이니, 볼 때마다 다른 차원과 조우하는 거 같다.

푸른 하늘에, 간단히 한쪽 방향으로 불어오는 제법 산뜻한 초겨울 바람.

어제 오늘 유자와 함께하였더니 숨을 쉴 때마다 유자 향이 나에게서 난다. 마스크 안이 유자 향으로 가득 찼다.

한산한 거리에 띄엄띄엄 저 멀리 각자 멀찍이 거리를 두고 각자로 작아진 사람들이 걸어간다.

코트는 뒤로 날리고, 나의 유자는 내 몸에 한두 개의 유자 잎과 꽃을 피우더니 급기야는 온몸을 뒤덮고 무성한 잎들과 꽃들이 더 풍성해진다. 이러다 사람인지 나무인지 구분이 되지 않을 터이다. 나뭇가지가 된 두 팔이 어느새 날개가 된다. 한 발자국만 더 가면 곧 하늘로 날아갈 참이다. 불어 주는 바람에 살짝 올라탄다.

영상 3도의 11월 말 오후

아마도 내가 채식을 더 선호하는 까닭은 몸속에 들어오면 더 좋은 향을 만들어내기 때문일지도 모르겠다. 감당할 수 있는 햇볕의 세월을 온몸으로 받아들이고 오늘도 걸어간다.

좋은 색은 좋은 향이 난다.
그냥 유자만도 아름답지만, 유자와 사과 살이 섞인 것을 좀 더 좋아한다.
참 따뜻한 색 그리고 향.

유자절임을 할 때, 3종류의 다른 천연당을 사용해보았다.
이번에는 씨앗을 제거하고 과육과 껍질을 함께 쏭쏭 썰어서 버무렸는데, 다음번에는 과육과 씨앗을 함께 갈아주고 껍질은 썰어서 당과 함께 절일 때 과육 씨앗 주스를 섞어주려고 한다.

담근 유자절임을 뜨거운 차로 만들어서 마셔 보았다. 너무 달지 않고 상큼했다.

훗날 이 글을 읽어볼 나만을 위한 p.s.

나는 이 특별한 경험을 잊지 못하여 글로 남겨 놓지 않고서는 잠에 들기 힘들거 같아 버둥거리다가 귀찮음에도 불구하고 일어나 적어놓기로 했다.

이제 마음 편히 잠에 들 수 있을까?

여전히 내 속에서는 유자 향이 피어난다….

듣고 있는 음악은

Tommy Flanagan과

Charlie Parker with Strings

내일은 11월 마지막 날이고 월요일이다.

다가오는 주는 드디어 올해의 마지막 달의 시작이 되는구나.

유자에 대한 덧붙이는 기록

'이 향이 뭘까?

이 향은 어디에서 나온 것일까?'

아사코를 보며 누워 있었고, 입안의 좋은 향을 스스로 계속 음미하면서 만들어 먹었던 점심을 떠올려본다.

먹고 난 이후 이렇게 좋은 향, 다시 또 경험하고 느끼고 싶은 향이다.

이것은 통밀 스파게티에서 풍겨 나오는 잔잔한 풀 향인가, 마늘과 새우가 부드럽게 서로 섞인 향인가, 아니면 한 스푼의 유자청의 향인가, 아 어쩌면 한 꼬집의 해초소금으로부터 나온 것일 수도 있겠다. 이 모두의 균형이 있고 과하지 않다. 그리고 뭔가 다르다.

〈곰곰이 적어놓은 요리법〉

낮은 불에서 프라이팬이 미온으로 되면 올리브유를 두르고 너무 얇지도 너무 두껍지도 않게 저민 마늘을 넣고 뭉근하게 익힌다. 찬물에 살짝 씻겨낸 껍질 벗긴 새우살을 거기에 넣고 또 뭉근하게 천천히 익힌다. 마늘이 화나지 않고 은은해지도록 천천히 그 향과 맛을 우려내어 준다. 새우도 급하게 익어서 질겨지거나 너무 수축되지 않은 부드럽고, 구수한 본연의 향이 살아있다, 냉동 새우살이었음에도 불구하고. 거기에 락솔트를 살짝 갈아준다. 끓고 있는 스파게티 면을 건지기 1분 전에 유자청 한 스푼을 새우와 마늘에게 넣고 골고루 섞는다.

스파게티 면을 건져서 이들 속으로 넣고 해초소금을 한 꼬집만

뿌린다. 그 소금은 잘 우러나온 올리브 마늘 새우 그리고 유자에 녹아 들어간다. 프라이팬 손잡이를 잡고 흔들어준다. 스파게티에 소스가 골고루 스며들고 남아 겉도는 것 없이 서로 섞이면 파스타 접시에 담는다.

파도가 오고 가는 따뜻한 유자밭에서 먹는 스파게티가 이런 것이 아닐까?

다시금 강조하지만, 스파게티는 통밀 스파게티를 사용한다. 흰 스파게티보다 좀 거칠지만 풍미가 훨씬 좋다. 그리고 쾌적하고 청량감도 있다.

p.s. 2

새우요리에, 허니 레몬의 조화보다 이 마늘 유자청 조화를 좀 더 좋아한다.

허니 레몬은 상큼하다.

이것은 거기에 깊이가 더 있다.

마치 할머니가 만든 스파게티는 이런 것이 아닐까 싶은.

다시 입안의 공기를 스스로에게 들이 마셔본다.

음… 이것은 햇살의 내음이기도 하겠다.

스스로
어른의 음식

·

#

가장 어른스러운 음식이 무어냐고 묻는다면, 나에게 그것은 '된장찌개이다'라고 대답할 거 같다.

재료를 다듬어 도마 위에 놓고, 할머니가 그러하듯 천천히 툭툭 좀 투박하게 칼질을 한다.

쌀을 씻을 때 두 번째 물을 챙겨 그 뜨물을 바탕으로 멸치, 무, 다시마로 육수를 내어 그 건더기는 건지고 된장을 풀고 감자와 호박 나박나박하게 썬 것을 먼저 넣고 끓으면 두부를 그날 기분에 따라 썰거나 뜯어서 넣는다. 파의 흰 부분과 푸른 부분을 썰어 골고루 넣고 풋고추가 있다면 총총 칼질해서 넣어준다. 그리고 토종 고춧가루 약간을 가하고 끓인다.

된장찌개를 아주 자주 끓여 먹지는 않지만 이렇게 된장찌개를 끓일 때면 나 스스로를 소중하게 여기는 것 같고, 아주 오래전에 성인이 되었음에도 불구하고 또다시 어른이 되는 것 같은 기분이 든다. 태어난 이후 밥을 먹기 시작하고 내내 어머니가 끓여주신 된장찌개와 밥을 먹어오다가 어느 해 어느 날에 내 밥상을 스스로 차려 보았을 때, 된장찌개를 끓여 보고서야 비로소 '하, 나 이제 어른이다'라고 마음 깊은 숨을 쉬고 밥 한술을 찌개와 함께 먹었던 그 처음의 경험이 아마도 배어 있어서인 거 같다.

정신도 몸도 흐트러진 오늘, 된장찌개를 끓여서 밥상을 차려 본다.

어머니 된장찌개의 비밀 하나

혼자 된장찌개를 끓이면 어머니의 그 맛이 나지 않고 뭔가 부족하였다. 심지어 같은 집된장을 사용하는 데도 그것이 나오지 않는 것이다. 어머니 집에서는 무심코 먹었었고, 나 스스로 만들어 보면 어떤 때는 맛이 나기도 하고 아니기도 했다.
그러다가 알게 되었다. 그중 하나의 비밀. 그것은 파였다.

심지어 어머니는 직접 텃밭에서 키운 파를 사용하고, 그 파가 더 풍성한 향과 단맛을 가지고 있으니 깊은 집된장과 아주 좋은 조화를 이루었다.

파를 몹시 싫어해서 파를 먹지 않으려고 빼달라고 했던 어린 시절 나에게 파를 먹어야 머리가 좋아진다는 등의 이야기들을 하셨던 기억이 난다.

파는 된장 맛을 좋게 하는 시크릿 재료였구나!

다프트 펑크

·

∞

오늘은 좀 더 긴 거리를 좀 더 긴 시간 동안 걸어본다. 금요일 밤. 제법 많은 사람들도 걷고 있다.

좋아하는 뮤지션이 저세상으로 가거나 은퇴하거나 해체했을 때 그 음반들을 몇 번이고 몇 바퀴를 돌며 듣게 되는 거 같다. 근 몇 해 동안에는 데이비드 보위, 언니네 이발관, 요한 요한손이, 근래에는 다프트 펑크가 그러하게 한 뮤지션이다. 요즘 산책 시 종종 다프트 펑크를 듣는다. 듣는 것이 그들뿐 아니라 그와 함께한 나의 기억들을 소환하고 어쩌면 보내주고 있는 중일지도 모르겠다. Giorgio Giorgio처럼 나도 누군가에게 스스로에게 이야기를 하고 있는 중이다.

지금 이 산책로에서, 서울에서, 한국에서, 지구에서, 몇 개의 숫자의 존재가 이 순간 다프트 펑크를 동시 스트리밍해서 자신의 귀로, 자신의 속으로, 끌어당겨 들이고 있을까. 그리고, 보내주고 있을까.

밤빛에 어리는 나무는 가지가지마다 작은 봉우리들이 맺힌 형상이다.

매화가 이미 피었고 이제 며칠쯤 뒤에 벚꽃이 피겠다는 것, 막 터지려는 녀석들을 본다. 훈훈해진 밤공기처럼 그 마음도 그렇다.

동네 산책인으로서 사계절을 경험하다 보니, 이곳 식물들의 변화를 해마다 읽게 되고 그 형상과 크고 작음, 옅고 진함, 윤기의 정도, 처음과 마지막 개화와 낙화 그리고 첫 낙엽과 마무리의 모습 등에 따라서 그해의 기후 그리고 이들이 경험하는 상황이 저절로 독해가 된다.

그런걸 보면, 자연에 직접 기대는 생활을 하는 사람들이 훨씬 더 많았을 예전에는 이렇게 그해의 나뭇잎, 꽃잎 하나에서도 다가올 미래의 날들이 어떠할지 예상하고 미리 대비하여 어느 날은 비축 식량을 더 늘이기도 했을거고 혹은 다가올 풍년을 미리 기대하였을 것이다. 제사장들은 자연 관찰이나 지식에 능통한 자였을 것이라는 것도 짐작된다.

'거기에는 꽃이 피었을까?'

이곳 호수 산책로 곁의 벚나무들 중 어느 나무가 가장 먼저 꽃을 피우는지도 저절로 알게 되었다. 북서쪽 방향 공연장 옆의 그 나무이다. 오늘은 확인을 해보고 집으로 돌아가야겠다는 생각이 들었다. 나무에게로 갔다.

열리기 시작한 녀석을 보았다. 나흘쯤 뒤에 오면 꽃이 피기 시작할 거 같았다.

꽃을 피우게 하는 것은 밤이다.

밤의 길이 변화에 따라서 각 식물들은 자신이 꽃 피울 때를 알고 개화를 한다는 것이다.

낮의 햇살은 광합성도, 잎의 성장도 돕는다. 한편 신기하게도 꽃을 피우고 그해의 씨앗을 이루는 것은 밤이라는 것, 식물의 개화는 그렇게 밤의 영향을 받는다는 것이다.

그 첫째 나무 가지들의 밤빛에 걸린 실루엣을 한참 보다가 집으로 돌아오는 길로 방향을 돌렸다. 그 도중에 또 하나의 다른 공원을 거쳤다. 내 산책의 동반자인 그 노래를 따라 마스크 안에서 나의 목소리는 작게 흥얼거렸다.

가로등 불빛 아래에서 춤을 추는 사람.

한 사람이 댄스 중이다. 동네에서는 처음 보는 댄서의 모습이다.

밤 열한 시가 넘은 시각. 바깥에서도 춤을 추지 않고는 견딜 수
없는 무엇이 그 몸의 각도와 라인 하나하나에서 뿜어져나온다.

위쪽으로도 혹은 아래쪽으로도 길고 깊게 솟는 파장을 그리면서 살아온 시간들이 있었다. 지금처럼 파장의 진폭을 크지 않게, 그리고 가능하면 균등하게 유지하면서 살아가는 것도 좋다.

아주 천천히 걸어서 귀가를 했다.

그날의 주스가
그날의 내가 된다

·

@

아침에 가능한 한 신선한 채소와 허브, 과일로 주스를 만들어서 마신다. 매 계절마다 상황마다 매일매일의 내가 무엇이 되는가가 되어주는 녀석들이다. 그 향기 그 색채로, 나는 그 하루를 시작한다. 그들은 내 몸이 되고 나를 지나가기도 하고 나에게 남기도 한다. 매일 매일 그 색과 향이 참 다르고 신선하다.

나도 식물이 되는 날들 향기가 되는 날들

산딸기 양배추 돌복숭아효소 / 영암현숙언니네무화과 / 무화과 황매실효소 / 키위 귀리 청귤 / 어제수확한어머니의블루베리 귀리 잣 / 블루베리 키위 / 무화과 무효소 / 무화과 오디 청귤효소 / 적양배추 오렌지주스 요거트 / 홍로 오렌지주스 / 산딸기 민트 블루베리 귀리 / 홍로 적양배추 오렌지주스발렌시아 / 키위 귀리 약간의 무효소 / 바질 토마토 / 오늘새벽에따온오레가노 순영이아지매청도뺄질복숭아 / Summer Salt _ Palm Tree on Avenue G / 키위 오렌지주스 / 홍로 오렌지캘리포니아 적양배추 / 청도집마당단감 사과 청귤효소 / 블루베리얼려뒀던것 약콩 / 시나노 적채 청귤청 / 단감2020 청귤청2017 / 단감 발렌시아오렌지주스 / 가을무 효소약간 / 적채 제주목초우유 / 단감 사과 그리고 마지막남은 청귤효소 / 우리집단감사과 하눌타리 토마토잼 2스푼 / 단감 적양배추 토마토잼 / 청도집단감 시나노사과 발렌시아오렌지 / 감 시나노사과 삼다수 우리집효소 그리고 적양배추 / 단감 적양배추 삼다수 우리집효소와식초 / 충주사과 삼다수 우리집효소 / 햇아몬드 제주목초우유 / 해풍맞고자란 완도유기농유자껍질씨통째 지장산꿀 삼다수 / 구운아몬드 오트밀크 해초소금 / 청송사과 발렌시아오렌지주스 우리집효소 / 아몬드 해초소금 삼다수로 베이스 그리고 다크초콜릿 오디와인우리집효소 겨울음료로 참 좋다 / 제주레드향 양배추 삼다수 우리집효소 / 양배추 발렌시아오렌지주스 우리집효소 올해 첫

주스 / 밀양양배추뿌리쪽 삼다수 우리집효소 / 양배추 복숭아 주스보관해둔것 팔공산미나리 쑥 봄의 시작됨을 알리는 식물들 추가 / 설희삼춘양배추 청도미나리 발렌시아오렌지주스 우리집효소 / 삭힌복숭아 양배추 발효돌복숭아 우리집효소 쑥한줌 / 향이좋아향이좋아빛이좋아빛이좋아 아⋯흐드러져 / The Temper Trap _ Sweet Disposition

대충해라

울리는 전화 소리

"응."

"뭐하노?"

"일."

"바쁘나?"

"엉?"

"대충해라~."

라고 하시는 어머니의 음성이 저 건너에서 넘어 여기로 온다.

웃으신다.

나도 웃는다.

"건강하고. 너무 열심히 하지 말고. 건강한 게 제일이데이~."

그때도 그렇고

지금도 그렇고

앞으로도 그렇게

3

할마이의 버섯집

할마이의
버섯집

·

*

버섯 향을 좋아한다.

나무도마 위에 버섯을 놓고 썰고 난 후 요리를 하고 설거지를 하고, 그 이후에도 은은하게 여운이 남은 버섯 향을 좋아한다. 그래서 설거지 이후, 도마에 코를 가까이 하고 '흠흠' 하며 내음을 맡는다. 이것은 버섯 요리 이후 일종의 세레모니, 버섯에 대한 의식이다.

녀석들은 나무 몸통에 맺히기도 하고 윗 줄기에도 맺히기도 하지만, 나무가 몸을 묻고 있는 그 가까이 땅에서 자라는 경우가 많다.

마디마디가 굵어진 할마이의 손가락은 바로 딴 몇 개의 버섯을 건넨다.

강원도 골짜기 어느 마을에 갔을때 아주 고우신 할마이가 떠나려는 그에게 버섯을 쥐어주었다.

식곤증 때문인지, 버섯 향에 조금 취해서인지 그날 식사 후 잠이 들었다.

밝은 햇살이 점점 더 하얗게 다가오는 길을 걸어가고 있었다. 너무 하얀 빛만 보이니 색이라는 것에 대한 감각을 잃어가고 한편으로 이 눈을 시원하게 해줄 푸르름이 그립다는 생각을 얼핏 했던 거 같다. 걸어도 걸어도 길은 계속 나오고, 이것이 길인지 무엇인지도 모르겠다. 그는 쓰러졌다.

눈을 떴을 때 느낀 것은 시원한 공기, 그리고 나무 내음이다. 그의 머리는 나무를 베고 누워 있었다. 더 정확히는 구불하게 위로 올라온 그 나무의 제법 단단한 뿌리를 베고 누워 있었다.

새하얀 머리카락의 할마이. 그 미소를 짓고 있는 가느다란 눈과 그의 눈이 마주친다. "여기 어떻게 혼자 왔는겨?"라는 말에 대답을 하려고 했지만 목소리가 나오지 않는다. 목소리는커녕 입도 뻥긋할 수가 없는 것이다.

'일사증상으로 쓰러진 것인가.'

할마이는 목에 걸고 있던 수건으로 그 이마를 닦아주고 물도 먹어보라고 권한다. 그렇게 얼마간의 북돋움과 도움을 받아서 앉을 수 있었다. 아직 목소리가 나오지는 않았지만 시간이 좀 흐르고 할마이의 잡은 손 안내를 따라갔다. 사람이 살 거라고 여겨지지 않는 덤불이 우거진 곳을 지나 들어가니 집이 보인다. 규모가 제법 큰 집이다. 할마이의 집. 그 집에는 수도가 들어 오지 않는다고 한다. 그러나 전기는 들어온다고 했다. 이 집의 에너지 활용에 대한 사연을 들려준 할마이는 그를 그 특별한 난로 옆에 앉혔다. 이번에는 오한이 났다.

그날 밤 그 집에 머물렀다. 밤에는 가을비가 내렸다.

그리고 할마이의 길고 긴 이야기를 들을 수 있었다.

다음 날, 가는 그를 돌려세우고 할마이는 양손에 가득 쥔 버섯을 건네주었다.

할마이의 손가락과 버섯의 기둥이 무엇이 무엇인지 혼란스럽다고 생각하는데 잠이 깼다.

오늘은 할마이에게 편지 한 통을 해야겠다.

'할마이는 건강하실까. 아니, 살아 계실까….'

버섯을 고기처럼 맛보고 싶은가? 수풀잎처럼 맛보고 싶은가?

이런저런 여러 세계의 다양한 재료들과 조리법으로 요리를 해보았지만, 내가 늘 좋아하는 것은 가장 심플한 그것이다라고 스스로 알게 된다. 고유함과 특유성을 품고 있지만 가장 심플한 그것.

버섯을 볶을 때 어떤 기름을 선택하느냐에 따라서 버섯은 고기가 될 수도 있고, 나물이 될 수도 있다.

여러 가지 방법과 재료 중 가장 선호하는 방법은 들기름과 참기름을 섞은 것으로 살짝 볶아 주는 것이다. 간은 소금을 아주 약간 갈아서 넣거나 거의 하지 않아도 된다. 좋은 자연의 버섯은 그 자체 그대로 간이 충분하다. 신선한 기름으로 인해 버섯의 향은 배가 되고 수풀잎 향마저도 몇 배가 되어 입안에서 사라지지 않는다.

가끔 밥을 함께 볶아서 먹기도 한다. 이때도 다른 재료를 더 가하지 않고 그렇게 심플, 심플하게.

혹시 고기처럼 버섯을 먹고 싶은가? 그러하다면 버섯을 볶을 때 포도씨유나 콩기름을 사용해보라. 전혀 다른 녀석이 됨을 경험하게 될 것이다.

껍질이 더 풍요롭게
아름답게

·

@

껍질이 질기다고 맛이 없다고 혹은 더럽다고 제거해 버리고 요리하지는 않는다. 껍질은 식감과 풍미를 더욱 풍성하게 해준다. 그리고 겉껍질이 더럽다고 벗기고 먹어야 하는 것이라면 그 속도 더러운 것이고 못 먹을 것일 수 있다. 건강한 땅에서 난 채소, 과일, 곡물은 껍질째 먹으면 더 건강하다. 만약 화학 농약이 염려가 되어서 씻고 껍질을 벗기는 거라면 그 내부도 이미 오염된 녀석이므로 먹지 않는 게 낫다. 그 껍질을 먹을수 없다면 그 속도 먹을 수 없는 것이다.

이런 이유로 채소, 과일, 곡물은 가능한 한 국내에서 생산된, 그리고 가급적 자연성을 더 배려받고 자라고 다뤄진 것을 선택한다.

푸드마일즈가 길어지다 보면 아무래도 그동안의 품질관리를 위해 건강하지 않은 처리가 될 수 밖에 없거나 신선한 생명성도 떨어질 수 밖에 없다.

마트에서 엔다이브를 발견하였다. 내가 좋아하는 식재 중 하나이다. 네덜란드와 벨기에 산 이어서 망설이다가 선택하지 않았다. 다른 대체할 만한 국내산의 신선한 채소도 있으니. 아스파라거스도 수입산의 것보다는 국내산을 택한다. 그럼에도 불구하고 한국에서 나지 않는 아보카도 같은 녀석들은 먼 곳에서부터 왔어도 종종 선택되어 진다. 어쩌면 기후 온난화로 인해 어느 날에는 그들도 국내산으로 만나보는 날이 올지도 모를 일이다. 어쩌면 이미 누군가는 온실에서 키워서 생산을 하고 있을지도 모르겠다.

요리를 할 때, 채소는 식감이 너무 끔찍해지지 않는 한, 숙채나 냉채를 만들 때 가능한 한 껍질을 살려준다. 육수를 낼 때는 양파나 파의 껍질과 뿌리도 있다면 벗기거나 잘라내어 버리지 않고 그대로 잘 씻어서 사용한다. 국물이 더 시원하고 깊어진다. 곡물들도 거피를 덜 한 것을 더 선호한다. 주스를 만들 때 과일의 껍질도 가능한 한 통째 갈아준다.

살아있다 여름

·

§

ㅎ정육점 생육고기 냄새
ㅇㅈ잡곡 세 자매 아주머니들

평소는 잘 입지 않는 7부바지를 헐렁하게 입고 비신발을 신고
돌려 접은 검정 우산을 들고 옥수수 삶는 냄새가 가득한 길을
지나는 중

몸체에 CU라고 적힌 탑차는 급히 가는 길인지 한쪽 문짝이 열
린 채로 달려 시원한 공기를 이쪽으로 주면서 덜렁덜렁 옆으로
지나간다

새가 벌레를 물어 올려 들고 날갯짓

을 하고

클로버들이 목을 삐죽삐죽

길게 뻗치고

지렁이인가 하고 껌쩍 놀라

가슴을 붙잡고

마스크 안으로 땀이 주룩주룩

집으로 돌아가면 에어컨을 켜야겠다 싶고

길바닥에 물그림자가 여럿 지나가고

도착한 그곳엔 덜 녹은 흰 드라이아이스들이 작은 산을 이뤄 짐

꾼 오토바이 붉은 다라이 옆에 쌓여 있다

2층에 있는 가게에서 보라색 양배추와 찰보리와 수수를 구입하

고 아래로 내려와 오늘의 주목적지인 ㅈㅇ 가게로 들어간다

왼쪽 냉장 진열대로 향하며 혹시 콤부차는 없나 하고 쭈욱 본다

없다

그리고 듀체스 드 브르고뉴를 막 집어 들려는 참이다

옆의 코르센동크 아그너스도 살짝 유혹하지만 듀체스를 선택

할 참이다

그러다 떠오른 연금술

연금술은 그 회사가 정말 사라졌나 보다

다시 마셔 보고 싶었는데

회색을 가르며 흐르는 주황 강을 몸에 두른 중년 여성이 그 친

구들과 함께 정류장에서 수다 중

차는 세 개의 침대가게를 지나고

잠깐의 터널 길을 지나가기 전 정류장에 섰다

영광군에서 자란 노오란 찰보리를 안치고

땀을 흘리고 서 있는 듀체스를 열고

한잔하며 주룩주룩 빗소리를 듣는다

밥이 끓는다

지금 식탁 위에 뒹구는 가지와 양배추를 곧 조리해서 먹을

참이다

먼저 익은 채소를 된장 복숭아 잣 소스에 적셔 먹는 중
보리밥이 완성된 압력솥을 연다
찰보리도 역시 보리여서 익는 동안 날았나 보다
보통의 밥보다 좀 더 자유로워 보이는 노랑이다

푸른 찐 호박잎을 손에 펼치고 깻잎도 펼치고 노오란 찰보리 현
미밥을 약간 놓고 찐 풋고추와 가지를 함께 곁들여 소스를 얹히
고 쌈을 싸서 아앙 입으로 넣으니 아! 이 여름에 이보다 더한 호
사가 있나 싶어진다

그릇에 약간 남은 밥은 어제 만들어둔 박나물을 위에 턱 걸쳐
오물오물 씹어본다
밥 한 알 한 알
똑 터지며 코끝으로 전해오는 꽃 향보다도 더 매력적인 이 여름
의 밥상 향기

약간 눌어붙은 밥에 물을 부어 후식으로 먹는다
청량하고 구수하고

살아있다

나는 살아있다

자연스레
되는 것

·

#

어디에서부터 시작해야 할까.

술을 담글 때 덧술을 하듯이 덧쉰다리를 하는 나 자신을 발견하면서부터이다.

쉰다리.

제주도에서 이 음식을 만나 보았을 이들이 꽤 많을 것이다.

예전에 어머니들이 여름에 밥을 먹고 남은 밥을 밖에 두면 그것이 쉬이 쉬니, 그것을 아예 누룩으로 버무리고 삭혀, 음료로 만들어 먹게 된 제주도 발효음식이다. 지역 특성상, 벼보다는 보리가 더 많이 키워지는 제주에서의 보리밥으로 만들어진 이 투박

하면서도 달고도 청량한 음료를 참 좋아한다.

제주에 제대로 취재겸 여행을 갔을 때 제주 할망들이 만들어서 파는 달달하고 걸쭉한 쉰다리에게 매료되었었다.

이건 단술과도 다르고 뭔가 곡물 요거트 같은 느낌이었다. 이후, 여러 번 긴 시간에 걸쳐 할망과 삼춘들로부터 각자의 쉰다리에 대한 이야기들을 듣고 서로 다른 쉰다리를 함께 먹어 보았다.

자연스레 쉰다리

타고나기를 위와 장이 그리 건강하지 않아 일 년에 한두 번 위장에 탈이 나서 그때마다 자각을 하고 건강한 발효음식을 더 많이 잘 챙겨 먹으리라 반성을 하곤 했다.

쉰다리는 나의 생활이 된 자연 중 하나이다.

발효빵을 만들거나 요거트를 만들 때는 열이 들어가서 좀 번거롭기도 하고 덥기도 한데, 쉰다리는 별다르게 수고스럽지 않다. 게다가 먹고 난 이후 빵이나 요거트보다도 더 속을 편안하게 해 주었다.

여름의 쉰다리를 생활화하기는 생각보다 훨씬 쉽다.

그야말로 그날 밥을 해서 먹고 남은 밥을, 누룩, 특히 보리 누룩을 우려내고 걸러낸 물과 버무려서 투명 단지 같은 용기에 담아두면 된다.

대충해도 되고, 쉽게 잘 만들어져서, 그 레시피도 헐렁하게 적어본다. 보리누룩 한 컵, 물 1리터, 그리고 밥 2인분 정도 분량이 재료이다. 주로 잡곡밥을 해 먹는 나로서는 그날 들어가는 곡물 종류에 따라 다른 특색이 있는 쉰다리를 경험할 수 있다.

버무려둔 밥은 다음 날 아침 이미 쉰다리 되기가 시작되어 있다. 아침 주스 만들 때 함께 넣어서 먹어 보기도 한다.

그리고 이 쉰다리의 묘미는 두 번째로 밥을 더해줄 때이다.

하루 저녁 지나고 나면 제법 활성화되어서 기포가 막 나오며 살아있는 음료라는 것을 기분 좋게 더 느낄 수 있다. 거기에 그날의 식은 밥을 더 첨가 해주고 물도 500ml 정도 더 넣어준다. 이번에는 첫 쉰다리 때보다 더 간단하다. 숟가락으로 저어 뭉친 밥을 풀어주는 정도로만 만져주면 된다. 그리고 덧쉰다리는 다음 날 청량하게 탄생한다.

뭔가 살아있는 생명체와 이 정도의 여름 동거는 참 건강하여서 기분이 좋아진다.

쉰다리를 만들 때, 발효가 원하는 정도로 되면 냉장고에 넣어 차갑게 만들고, 발효가 더 진행되는 것을 중지시키고 시원하게 먹기도 하는데, 나의 경우 계속 발효되도록 실온에 두고 먹는다. 너무 차갑지 않아서 좋고 살아있다는 것을 느낄 수 있어서 좋다. 단, 먹고 난 뒤 취기가 약간 오를때도 있다. 그러나 술만큼은 아니다. 기분 좋은 혈액순환을 느낄 정도이다.

쉰다리는 그냥 마셔도 되지만 나의 개인적 취향으로는 보리순 가루 한두 스푼을 첨가해 잘 섞어 떠먹으면 맛이 더 좋은 거 같다. 아침에는 주스와 함께. 저녁에는 보리순을 넣어서 간식으로.

건강한 삶을 생활화하려면 역시 번거롭지 않아야 한다.

오며 가며
살아있는
쉰다리를 보는
나의 여름

냄새에도
크기가 있다

·

@

향을 내는 물질이 기본적으로는 헥사의 벤젠 구조로, 그 각형의 것이 무엇과 함께 하느냐에 따라 향이 달라진다는 것, 혹은 어떤 다른 구조이냐에 따라 생김새가 다름을 알고는 있었지만 이렇게 공기 중에서도 크기와 모양도 새삼 다르다는 것을 마스크 착용하는 생활을 하면서 오히려 실질적으로 경험하게 되었다.

열대의 둥글고 풍요한 꽃향기 같은 냄새 공기는 이 마스크를 통과하지 않았으나 생선이나 암모니아, 어떤 오물의 향처럼 강하게 찌르는 향은 그야말로 마스크를 찌르고 통과해 들어 왔다.

다행스럽게도 내가 좋아하는 어떤 나무 향이나 그것을 태우는 향도 마스크를 통해 들어와 주었다. 한편, 흡연자가 뿜어내는 담배연기 내음도 통과해 들어와서 곤욕스럽게 하였다.

그래서 나는 달리고 있었다.

한 흡연자가 앞에서 천천히 걸어가면서 이쪽으로 담배 연기를 불어 넘기고 있었고, 나는 달려서 그를 앞질러 가야 그 담배 냄새로부터 탈출할 수 있었다. 살아오면서 무언가를 앞질러야겠다고 생각하는 유일한 순간이 바로 지금 이순간, 흡연자가 내 앞에서 걸어가고 있을 때일 것이다. 앞질러야 숨을 쉴 수 있는 순간.

맛을 느끼는 정도에 비교적 내가 민감한 편인 것은 아마도 어릴 적 부터 어머니의 자연성이 살아있는 음식을 먹고 자라서일 수 있다. 그것들은 둔해질 수도 있었을 감각기관들에게 예민하지 않고서는 인식하지 못할 기록들을 남겼거나 혹은 태어난 이후 하루하루 점점 둔감해질 그것을 매일매일 잊지 않게 만들어주었을 한 끼니 끼니가 있어서 일 수도 있다. 살아오면서 여러 식재에 대한 경험들은 그 감각을 더 넓혀주고 다채롭게 해준 것도 사실일 거 같다.

몇 년간 스스로 음식을 만들어 먹는 시간을 더 많이 가지게 되면서, 화학 첨가물이 든 음식을 잘 먹지 않고 순 자연산 식재를 더더욱 먹어 오다 보니 공산의 음식을 먹으면 당황스러운 경우가 많았다. 요즘 미각과 후각이 더 예민해져서 오랜만에 외부 음식을 먹으면 향도 맛도 너무 강하고 자극적으로 느껴지고 깜짝 놀랐다. 사람들이 이렇게 강하고도 인공으로 강도를 높인 것을 먹고 사는가 싶은 것이다. 가게에서 파는 김밥만 먹어 보아도 그 안에 든 햄과 어묵의 강한 향과 맛에 흠칫했고 전에는 곧잘 먹었던 빙과류나 과자들도 그 인공 향에 좀 당황스럽고 심지어 피자 프랜차이즈 가게에서 파는 피자 치즈와 소스의 강한 감미료 맛에 깜짝깜짝 놀랐다. 떡볶이를 좋아는데 어떤 경우, 가게에서 파는 어떤 떡볶이를 먹으면 그 매운맛이 맵다기보다 그야말로 통각을 강하게 두들겨서 너무 아파왔다. 어떤 때는 일주일 동안이고 아팠다.

그러다 보니 여러 가지가 공격적으로 강하게 들어오는 것보다, 단순한 것이 슴슴하여 밋밋하여 아무것도 없는 것 같은데 그 옅은 것에서 만나지는 세계가 점점 더 좋아지는 것이다.

이렇게 나는 밋밋하고 슴슴한 녀석이 되어 가는 것일까.

한편으로, 평생을 이 몸뚱이로 세상의 것들, 우주를 스스로 직접 경험하면서 실험하고 살아온 오래된 습관이 있다. 그래서 여전히 새로운 것을 만나면 경험해본다, 먹어 본다, 때로 그것이 설

령 취향에 맞지 않거나 인공적 무엇이라고 하더라도. 그래서 흥미로운 무엇이 있다면 고통을 감내하고서라도 기쁜 마음으로 찾아가기도 한다. 좋은 끌리는 어떠한 것을 만나면 '야호!' 하고 나의 세계 음식 지도는 그곳으로 떠날 준비가 되어 있다.

오늘은 밋밋하고 슴슴하게.
어느 날 어떤 날들에 나는 또 변화할지도 모르지만.

개기일식

·

∞

노인은 여름 양복을 입고 있었다. 얇은 회색 양복에 하늘빛 넥타이, 그리고 베스트를 착용했고 흰 중절모를 쓰고 있다. 그렇게 노인은 벤치에 기대고 두 팔을 양옆으로 벌리고 앉아 뜨거운 태양과 대면을 하고 있었다.

여름 일요일, 하지의 오후, 길 위에 보이는 인적이 드물다. 그러나 찬찬히 보면 나무 그늘에 몇몇 사람들이 앉아 있음을 알게 된다. 그리고 자전거를 끌고 가는 한 사람이 내 앞으로 먼저 가고 있다.

양복을 입은 그 노인이 앉은 벤치에 앉을 참은 아니었다. 그 부근쯤 적당한 벤치를 찾아서 해를 마주 보고 앉을 참이었다.

헐렁한 낡은 마 바지에 바람이 잘 통하는 티셔츠를 입었고, 모자를 썼고 태양 아래에서 좀 더 잘 견딜 수 있도록 작은 양산도 하나 챙겼다. 카메라와 컴팩트디스크를 담은 가방을 들고 왔다. 십여 년 넘게 사용하지 않았지만 버리지 않았던 공CD를 나오기 전에 뒤적뒤적 찾아 먼지를 닦았다. 새것이었던 그러나 나이 들어 새것은 아닌 공CD 케이스를 싸고 있는 비닐을 벗기고 그 하나를 들고 나왔다. 맨눈으로는 선글라스를 착용해도 눈이 손상 될수 있다고 한다. 이제부터 이 CD를 통해서 해와 달을 볼 참이다.

'개기일식'

달이 해를 약간 잡아먹는 날이 오늘이다.

이전에 왔을 때 오후 3시 50분 즈음에는 없었던 일식경꾼 한 명이 나의 벤치 옆에 앉아서 해를 향해 있다.

그는 스낵 봉지로 추정되는 것을 뒤집어 얼굴에 덮고 있다.

그런 종류의 가림막도 유용하다고 한다.

무척 뜨거운 기운, 그리고 아주 맑은 하늘.

가리는 구름이 하나도 없는 이 하늘은 일식을 보기에 제법 적절한 그것이라고 여겨졌다.

귀에 꽂힌 이어폰으로 현재 일식 진행 상황 방송이 전해진다.

'금환일식'. 즉, 달이 해를 거의 가려 그 가장자리만 빛이 나서 마치 금반지처럼 보이는 일식은 이번에는 아니고, 2073년 정도에 한국에서도 볼 수 있다고 한다. 53년 이후이다. '그때 살고 있을까?' 뭔가 헛헛한 미소를 약간 짓고 있는데, 방송으로 사회를 보고 있는 천문학 박사들은 "그때도 봐야죠" 하면서 서로 크게 웃는다.

해를 향해 그렇게 앉아 있자, 지나가는 어떤 한 노인이 "일식 언제인데?"라고 한다. 아무도 아무 말도 하지 않는다. '지금 진행 중입니다.' 그리고 '단번에 반짝하는 것도 아니고 서서히, 생각보다 빠르지 않게 진행되고 있는 중입니다.' '레이디 호크의 이클립스처럼 극적이지는 않지만 지금입니다.'

해에 듬뿍 익은 몸으로 집으로 돌아와 실시간 방송으로 달이 물러가는 것을 본다.
아침에 사온 새우들을 굽기 시작했다. 회색의 녀석들은 해의 그것처럼 붉어진다.
2073년에 그 금환일식을 보려면 이 새우 개수의 세 배는 더 살아 보아야 한다.
그리고 왜인지 또 웃음이 났다.

밤이 되고 다시 하늘을 바라본다. 아주 푸르고 검은 하늘이다. 어디에도 달은 없다. 달력을 체크 해보니 오늘이 음력으로는 초하루이다. 달은 낮에 그렇게 존재를 보여주고 밤에는 이 하늘로부터 잠이 들어 있다.

여름밤이어서 그런지 유달리 많은 사람들이 산책 중이다.

이렇게 한 방향으로 걸어가는 수많은 사람들의 모습, 특히 저녁이나 밤에 그런 풍경을 볼때면, 저승으로 걸어가는 인간의 모습이 저런 모습이 아닐까 생각들어진다.

톡, 톡, 톡…

틱탁, 틱탁, 틱탁…

10년도 넘게 만에 Moby의 음악을 찾아서 스트리밍한다.

나는 그때 왜 이 음반을 그리도 여러 번 들었던가 떠올려 보려고
한다.

달이 살아왔던 밤 달이 잠든 밤

안녕, 2020년 6월 21일 하지의 날 오월 초하루의 밤, 안녕

5퍼센트의
밀가루

·

§

제철에 나온 그 철의 식재는 더욱 아름답고 빛깔도 맛도 향도 더 좋아 먹기가 아까울 정도이지만 한편으로는 무언가로 만들어 먹어 보고 싶게 하여 부엌으로 이끌려 들어가진다.

계절의 운치는 또 어떠한가. 봄이면 봄, 여름이면 여름, 가을, 그리고 겨울.

일 년 내내 가지 않다가 가을이면 걸어보고 싶은 길이 있다.

긴 가로수 길인데, 그 아주 길고 풍성한 은행나무길을 지나면 불긋불긋 단풍나무가 몇몇 나오고, 이후 길고 긴 웅장한 플라타너스 길이 이어진다. 거기서부터는 얼굴보다도 더 큰 잎들이 하늘에서 내려오고, 그리고 그 물든 잎들이 수북하게 쌓이는 길이다. 온 우주의 색을 담은듯 따뜻하고 차갑고 생기가 여전히 남아 있고 혹은 말라서 부스럭부스럭 발자국 소리를 보태는 길이다.

평화의 문에서 올림픽아파트까지 이어지는, 느릿느릿 걸으면 한두 시간도 걸리는 거리의 길이, 그 길이다.

일 년 내내 거의 타지 않다가 자전거를 타고 거기 길 초입까지 갔다. 그리고 자전거와 함께 걸었다. 기념으로 그날은 사진 한 장을 SNS에 남겼다. 그리고 며칠 후 친구가 찾아왔다. 멀리 서쪽에서 여기 동쪽으로 그 친구는 거의 두 시간을 넘게 전철을 타고 왔을 것이다라는 것을 이후 나도 그가 있는 서쪽으로 가보고서야 그 길고 긴 경로와 시간을 알게 되었다.

그는 사진을 보니 그 길을 본인도 가보고 싶어졌다고 했다. 나는 그의 사진 속 아이들의 얼굴들 모습들 작품들을 보고 직접 만나고 싶어 왔다고 했다.

영롱한 가을빛이 온 바닥으로 내려올 즈음이 되면 텃밭에서는 성장한 좋은 호박들이 나오기 시작한다. 생활 속에서 익숙한 채소들 중 아마도 내가 가장 아름답다고 생각하는 녀석이 호박이다. 호박은 그 종류도 여러 가지이고 파릇파릇 노릇노릇 부드럽고 어린 것에서부터 아주 성숙하여 커지고 겉은 누렇고 거칠어지고 속은 달아질 때까지, 모습도 맛도 참 다양하게 여름과 가을 몇 개월 동안 그 변화를 경험하고 요리하도록 이끈다.

텃밭을 가고 오고 하는 동안 그날 일렁이는 풍성한 은행잎들을 몇 분이고 혹은 어떤 날은 몇십 분이고 한참 보고 서 있곤 했었다. 집으로 돌아와 둥근 젊은 호박을 잘랐다. 그 노오란 속에서 푸른 겉으로 이어지는 그러데이션이 좋았다. 바로 그 속살에 맺히는 땀들도 참 좋았다. 그렇게 좋아서 녀석을 한참 보고 또 보았다. 그리고 수제비를 만들었다.

은행나무잎 수제비

은행나무잎이 풍성한 날 호박, 그리고 강황 통밀 수제비

멸치와 무 약간, 다시마, 말린 버섯 그리고 파가 있다면 파를 통째 넣고 물을 부어서 끓게 하여 다싯물이 만들어지는 동안, 통밀가루 한 컵을 담아내어 그중 거의 95퍼센트의 가루를 볼에 담는다. 강황 가루 담긴 병을 열고 밀가루 위에 톡톡 약간 털어 넣는

다. 가루를 손으로 저어 섞어주면 따뜻한 회갈색 빛의 통밀가루는 옅은 노란빛을 띠는 가루가 된다. 소금간을 약간 하여 섞고 거기에 물 50ml 정도를 넣어주면서 치대어 준다. 금방 한 주먹의 반죽이 된다. 남은 5퍼센트의 밀가루는 치댈 때 그릇에 붙지 않게 사용되기도 하고, 만약 밀대로 반죽을 밀어서 편편하게 만들어주고 싶다면 역시나 밀대와 바닥에 반죽이 붙지 않도록 유용하게 사용된다. 이 5퍼센트의 밀가루를 미리 빼놓고 챙겨놓아야, 반죽을 하다가 뒤범벅된 손으로 다시 밀가루 봉투를 찾아 열어야 하는 난감한 경우에 빠지지 않는다.

다싯물의 건더기를 건져내고 만들어 놓은 반죽을 얇게 밀어 끓는 다싯물이 담긴 냄비로 뚝뚝 떼어 내어 넣는다. 호박도 수제비처럼 납작하게 썰어 냄비 속으로 넣는다. 끓고 있던 다싯물이 수제비가 들어가 잦아들었다가 반죽을 익혀서 그야말로 수제비로 띄워 올리면, 집간장을 한 스푼 넣어 간을 해준다. 간장이 들어가면 끓던 것이 다시 한번 더 잠시 잦아들었다가 끓어 오른다. 수제비가 다 익었음을 확인하고 대접에 담아내면 먹기 위한 마무리가 된다.

특별히 다른 고명을 첨가하지는 않는다.

그냥 맑은 국물과 푸른빛으로 시작해 연두 그리고 노오란 속으로 이어지는 호박과 강황 수제비로 충분하다. 담담하게 이들의 조화를 즐긴다.

몸이
투명해지는 죽
·
ㅇ

가을의 마무리, 그리고 곧 겨울이 시작되는 입동 무렵, 시골에서
금방 뽑아 바로 보내주신 무 몇 개가 도착한다.

밭에서 금방 뽑은 무는, 가게에서 팔리고 있는 일반적인 무와는
달리 꼬리가 싱싱하게 제법 길게 달려 있다.

이번에 도착한 녀석은 아주 크지 않고 단아하고 윤기가 돈다.

씻은 후 물기를 닦고 도마에 누운 모습이 마치 한 마리의 작은
돌고래처럼 살짝 움직이듯 휘어 있고 그 몸체 시작에서 꼬리까
지 동적인 곡선으로 빛이 난다.

1센티미터가 채 되지 않는 간격으로 나박나박 작은 다이스로 썰

어준다. 미색과 연두의 고운 무.

두꺼운 솥을 달구고 포도씨유를 약간 두르고 불을 살짝 중불로 낮춘 후 썰어놓은 무를 넣고 덖어준다. 그러면 하아얀 무가 투명성을 보이는 것을 인식하게 된다. 여기에 따뜻하게 데운 밥 한두 그릇을 넣고 으깨면서 무와 잘 섞으면서 덖어준다. 그러는 동안, 포트에 물을 끓여 준다. 검은색 잡곡밥과 흰 무가 골고루 서로 잘 분포되면 참기름 들기름 섞인 것을 채 한 스푼 양이 되지 않게 넣고 골고루 섞는다. 그 향이 솥 안에 은은하게 담긴다. 이 조리는 중약불에서 행한다. 이때 포트에서 물이 끓으면, 무와 밥이 담긴 냄비의 불을 강하게 올리고 포트의 그 뜨거운 물을 밥과 무가 잠기도록 부어준다. 금세 끓으면 불을 약하게 낮춘다. 전체를 저어주고 뚜껑을 살짝 걸치듯이 얹어놓는다. 푸욱 고듯이 냄비를 그렇게 둔다.

보글보글 잔잔하게 끓는다.

잘 닦아진 광채가 나는 유기 대접을 준비한다.

어둑함 속에 투명한 무죽을 담는다.

곁들이는 반찬은 한가지 정도이다. 지난날에 담가둔 매실장아찌.

슴슴하니 담백하니 그리고 구수하니 편안하게 넘어간다. 속에서
도 편안하다.

천천히 한 입 한 입 먹고 장아찌 하나를 집어서 오물오물.

몸 으슬으슬 할때, 목이 건조할 때 참 좋다.

환절기에는

무죽

청소

·

>

세상에서 가장 지독한 냄새는 양파 썩는 냄새와 다시마 썩는 냄새가 아닐까. 아마 그 외에도 수많은 지독함이 있겠지만, 나에게는 그들이 아주 지독함 그 자체로 여겨진다. 오늘 그 썩은 다시마로 인해 싱크대 전체를 닦았다. 먹지 못하고 상해버린 생다시마를 얼마 전에 처리하였었다. 그 이후 그것은 싱크대 배수구 어딘가에 남아, 특유의 냄새로 여간 괴롭히는 게 아니었다. 그래서 생각지도 못했던 배수구 구석구석 보이지 않는 곳까지 닦았고, 그것은 새것처럼 번쩍였다.

그러나 그러고도 그 냄새가 어딘가에서 났다. 끈적한 그 녀석이, 보이지 않는 어딘가에 약간이라도 아마도 남아 있나 보다 싶었다. 그래서 각종 세제를 동원하고 다량의 물을 사용하고서야 보이지 않지만 지독한 녀석을 제거할 수 있었다. 덕분에 싱크대 겉과 속은 새로 탄생 되었다.

몸속 어디선가에서도 작은 무엇으로 인해서 심신에 지독한 냄새가 나고 있지는 않는가, 살펴보게 되는 날.

꽃은
피었는데
.
()

꽃은 불꽃처럼 피었는데

요즘은 마음이 암흑처럼 우울하다

커피를 예전보다 더 마시게 되었다

처음 내릴 때는 250ml

진한 맛을 한 입 본 이후

좀 더 여리게 희석해서 풀린 커피의 구석구석 음미해본다

커피는 내비치는 쉬폰처럼 바람에 날린다

커피에서도 꽃 향은 나는데

가라앉은 마음이 후욱 공기로 올라오지는 않는다

100ml를 더 내려본다

요즘은 커피가 늘었다

봄

며칠 동안 머물던 황사가 지나간 꽃길의 공기는 청량하였다.
동네 근방의 젊은이들은 다 나오기라도 한 것일까. 늦은밤 꽃길
은 붐볐다. 한밤에 그렇게 많은 청년들이 무리를 지어 혹은 둘
둘 셋셋으로 가득 채운 광경은 처음 보았다. 내일부터 이곳이 낮
과 저녁 밤시간에 임시폐쇄가 되는 것을 알고 미리 꽃을 즐기기
위해 모두 나온 것일까. 꽃은 곧 만개하고 아마도 며칠 뒤부터는
꽃눈이 내릴거 같아 보인다. 웃음이 가득한 얼굴들. 몇 년 전 프
로렌타인 호프만의 오리, 러버덕이 띄워졌을 때 그와 함께하는
사람들의 얼굴들이 떠올랐다. 평소 어둡고 굳은 도시인들의 얼
굴이 행복으로 가득 차 그렇게나 웃고 밝을 수 있다는 것을 처음
발견했었다.
오늘 밤이 그러했다. 꽃과 함께 웃을 수 있는 사람들.

그 뒤로 기울고 있는 만월이 떴다.

4

지우개 사나이

지우개 사나이

·
*

그런 가게가 있다, 유달리 사람이 붐비는 가게. 그런 식당이 있다, 유달리 사람들이 줄을 서서 기다리는. 연인들일 거 같은 손님들, 즉 남녀 쌍의 손님들이 거기 앞에서 기다리는 경우가 빈번했다.

원래 그 길은 먹자골목까지는 아니더라도 밥집과 술집이 제법 있는 곳이었다. 몇 년 전 새 건물이 들어서고 그 1층 중 한 가게가 유달리 붐볐다. '무엇이 특별할까… 보기에는 돼지고기를 파는 삼겹살집으로 보이는데….'

아마도 SNS 홍보를 잘하는 곳인가보다 하고 생각하며 지나가려는 중이다.

그때, 그 집 앞 공중에서 휘휘 젓고 있는 손을 보았다.

그것은 편 손인지, 오므리고 있는 손인지, 주먹을 쥔 손인지, 한 번에 분간하기 쉽지 않은 뭉뚱한 느낌을 주는 그런 손이었다. 굵고 통통한 팔뚝에서 이어지는 둥글고 크지 않은 손. 손가락은 길지 않아서 손바닥의 길이보다 손가락의 길이 비율이 짧았고, 손가락 끝과 시작의 굵기가 같아, 어떤 소시지를 연상시킨다는 것을 그 가까이, 아주 근접하고야 인식하였다. 이렇게 손에 대한 인상이 남은 이유는 기다리는 손님들 사이에서 그 얼굴이나 몸은 보이지 않고 손이 그렇게 공중에서 휘휘 저으며 안내를 하고 사람들에게 인사 중이었기 때문이기도 하다. 인파가 몰려 있는 그 가게로부터 다시 더 좀 멀찍이 떨어져 지나갔다.

그 길은 산책로 가는 길 도중에 있었다. 저녁 산책을 위해 거기를 지날 때면 가게 내외부가 거의 그렇게 붐볐다. '인기가 대단히 많구나.' 그리고 어느 주말 낮에 지나가다 그의 얼굴과 몸도 인지하게 되었다. 그는 이 가게의 주인 혹은 매니저일 거 같은 분위기를 가지고 있었다. 그날에도 그 사나이는 나와서 팔을 들고 손이 공중을 향하도록 하고 있었고, 그는 손가락 몇 개를 폈다 접었다 하며 수신호와 함께 손님들과 소통 중이었다. 손님 수와 기다리는 시간을 그렇게 적극적으로 표식해주고 있었던 것이다.

짧은 머리카락, 살집이 있는 얼굴임에도 불구하고 둥글게 보이기보다는 오히려 사각에 가까웠고 어깨부터 발끝까지의 몸 폭이 거의 굴곡이 없어 마치 새로 사고 열흘쯤 사용하여 모서리들이 둥글게 닳은 지우개를 연상시켰다. 열흘쯤 사용한 점보 지우개.

그렇게 인기가 있던 그 고깃집은 일 년쯤 지났을 때 문이 닫혀 있었다. 테이블이 하나도 없었다. 가게 안은 텅 비었다.
동네 주민의 입장으로는 그 길을 걸어갈때 사람이 덜 붐비니 좀 더 쾌적하게 느껴졌지만, 일 년 내내 붐비던 식당이 문을 닫은 것을 보니 의아하기도 했다.

그 가게는 곧장 새로운 인테리어로 단장을 하였고, 새 간판을 달 았다. 새 간판이지만 레트로 콘셉트로 누렇게 좀 세월이 더해져 있고, 가게는 복고풍 분위기의 곱창 대창 막창집으로 변신하였 다. 이번에도 인기가 있는 듯, 손님들이 줄을 섰다. 그 길은 다시 덜 쾌적해졌다. 실내에서 곱창 굽는 연기가 환풍기구를 통해 밖 으로 뿜어져 나왔기에 냄새가 이만저만 강한 것이 아니었다. 잠 깐 지나갈 뿐인데도 마스크에 그 내음이 바로 배여서 산책하는 동안 곱창을 얼굴에 달고 다녀야만 했다. 다음 날에도 깜빡하고 그냥 그 길을 지나가다가 붐비는 많은 사람들과 환풍기를 통해 나오는 내장 굽는 내음 바람들로 인해 곤란함을 느꼈다. 그때, 그 손을 다시 발견하였다. 그 지우개 사나이는 사람들 속에서 뭉뚱한 손을 휘젓고 있었다. 사나이는 거기 그대로이다. 가게는 바뀌었지만.

두어 번 그 연기 바람으로 인한 당황스러운 경험 이후, 버릇처럼 그 길을 통해 산책로에 가던 것을 포기하고 집에서 나오면서부터 완전 다른 방향의 길을 택한 이후로는 그 가게 앞을 지나가지 않게 되었다, 주말 아침 일찍 가게들이 문을 열기 전 시간이 아니고서는.

알고 보면 재미난 식재들이 있는 가게가 하나 있다. 그것은 얼핏 보면 횟집이나 초밥집처럼 보이는데 그 일부에서는 각종 수산물 식재를 팔고 있어서 가끔 그곳에 들린다.

러시아산 캐비어 등과 같은 외국산 수산물뿐 아니라 국내산의 손질 가공된 생선 등의 각종 식재들도 있다. 쇼케이스를 둘러보고 있다가 한 켠의 식탁으로 눈이 갔다. 손님은 한 명인 거 같은데 제법 큰 4인용 식탁에 각종 회와 초밥과 음식들이 번쩍번쩍 가득 차려져 있고, 그 한명의 인물이 앞에 놓인 음식들에 열중해서 먹고 있는 중이었다. 차려진 음식만큼이나 그것을 탐하고 있는 그의 눈빛과 얼굴에서는 광채가 난다는 생각이 드는 동시에 그가 누구인지 알아차린다. 지우개 사나이다.

'고깃집 사장, 아니 막창집 사장의 횟집 나들이인가?'

참으로 빛나는 식탐과 식탁이로다. 예의롭지 않을 터이므로 그 식탁으로부터 바로 눈을 거두고 뒤돌았음에도 뒷쪽 식탐의 광채로 등이 지글지글했다.

지인이 늘 말하던 이 동네의 유명한 정육점. 거기서는 수제 소시지가 꽤 괜찮다고 몇 번이고 이야기 들었기에 함께 가볼 참이다. 그곳의 주인장인 그 지우개 사나이와 오늘은 인사를 나눠 보려나.

천천히 뭉근하게
화나지 않게

·

o

어려서부터 어머니는 해마다 가지나물 무침을 해주셨다. 나는 '가지'라는 음식에 무척 익숙하고 이것을 참 좋아한다.

세계의 여러 요리법에 매료되어 가지를 직화로 구워 껍질을 벗기고 불향이 나는 상태로 중동식의 바바가노쉬를 만든다거나 프랑스식으로 저며 그릴에 구워 돌돌 만 가지 구이를 하거나 지중해의 그리스와 같은 곳의 무사카의 매력을 느끼고 즐겨 왔었다. 그럼에도 불구하고 가지가 생각보다 일상에서 잘 조리하기가 쉽지 않다고 늘 여겨졌다. 자칫 껍질이 질겨지기도 하고 속이 물러지기도 한다. 채소 조리는 보기에 쉬운 거 같아도 충분히 잘 조리하기란 쉽지 않다. 일명 채식 레스토랑에서 조차 제대로 조리

된 마음에 드는 음식을 만나본 적이 거의 없다.

몇 해 동안 여름과 가을에 제철 가지를 그 첫물부터 끝물까지의
생김과 크기와 상황을 경험하면서 조리해서 내 식탁에 놓았었다.
늦가을 어느 날 '탁!' '이거다' 싶은 것이다.
가지는 약불에 뭉근하게 천천히 익혀야 맛과 향과 질감이 살아
난다!
'급하게 센불에 익혀서는 그것의 세계가 제대로 열리지 않은, 닫
힌 채 먹게 되기 십상이다.'
레스토랑에서조차 나에게 불만을 주었던 게 그것 때문이었다.
급해서 닫혀 있는 그것.

가령 이렇게 조리해서 먹어본다. '뭐가 다른데?' 하는 이도 있을
수 있다. 다르다. 세밀하게 다르고 다른 그림찾기처럼 다르다.
그 미세함 때문에 궁극으로 달라져 버린다.
프라이팬을 불에 올리고 미지근해지면 (보통 조리할 때는 달군 상태
에서 중불로 낮추고 기름을 두르지만 그와는 차별되게, 맨손으로 만질 수 있
을 정도로 미지근해지면) 올리브오일을 두르고 저민 마늘을 익히면
서 천천히 마늘 향을 달콤하게 끌어낸다. 붉은 생고추를 씨 제거
하고 썰어 넣고 익히다가 저민(혹은 작은 큐브 형태로 썬) 가지를 넣

고 볶아준다. 불의 강도는 여전히 중과 약을 오가면서 천천히 익히는 중이다. 거기에 토마토 퓨레 두 스푼을 넣어 덖는다. 토마토의 시큼한 맛은 사라지고 감칠맛이 달게 살아난다. 다시금 강조하지만 '천천히'.

호박 등의 채소도 가지처럼 함께 넣고 볶으면 이게 일명 라따뚜이라고 불려도 될 만한 것이 되는데, 라따뚜이도 이름이 같을 뿐만드는 사람에 따라 그 맛과 조화가 천차만별이다.

인내를 가지고 그렇게 천천히 중약불에서 익히고 약간의 소금을 갈아 뿌리면 어느새 채소가 서서히 익으면서 그 본연의 즙이 나와 서로 섞이며 다시 스며든다. 좋아하는 신선한 허브가 있다면 넣어준다.

익힌 스파게티가 있다면 함께 섞어준다.

그리고 마지막에, 갈아놓은 치즈를 뿌리고 역시나 약한불에서 골고루 섞어주며 간이 배이도록 녹여준다.

충분히 익었는데, 기분 좋은 식감이 살아있고 즙이 달달하여 먹는 내내 기분이 좋아진다.

오늘의 가지는 올해 제철 텃밭에서 나온 아주 작고 가는 마지막 물이었다. 고추 크기 정도의 녀석들을 동글동글하게 썰어 조리하였다. 쏭쏭쏭.

가지의 완벽한 하나의 조리법을 터득한 날, 식당에서 왜 적절한 가지 요리를 먹지 못했던 것인지 더 잘 알게 되었다.
빨리빨리 만들어내려고 하면 저렇게 맛나게 시간을 낼 수가 없다.

곡물유희

·

@

누군가는 뜨신 밥 냄새가 소울푸드의 시작이라고 한다. 나에게도 향수 어린 밥 냄새의 기억이 있다.

한편, 그보다도 더 유희로움으로 나를 가득 채워주는 건 곡물의 향기 색깔 질감 맛이다. 특히나 좀 야생성을 가지고 자라고 난 곡물들을 좋아한다. 일반 논에서 자라 나온 쌀로 지은 흰밥은 너무 달고 부드럽고 단조롭게 느껴진다. 그래서 밭에서, 특히 풀밭에서 난 곡물이 더 좋기도 하고 가능하면 도정이 덜된 것을 더 좋아한다. 기장, 보리, 수수, 귀리, 율무 등과 같은 여러 다양한 곡물들을 그냥 백미보다 더 좋아한다.

백미 그 자체만을 곰곰이 감상하는 날도 물론 있다.

쌀도 토종들이나, 다양한 종의 것들을, 각 다른 지역에서 살고 난 것들을, 다양한 농부들로부터 구해서 먹어 보기도 한다.

같은 종이라 해도 누가 어디에서 어떻게 키웠냐에 따라 너무 다르게 발현된다. 예를 들어 아름다운 버들 벼도 ㄱ농부에게서 온 것은 변내음이 누릿하게 났고, ㅊ농부네 것은 풀내음이 풋풋하게 났다. 생쌀을 여는 순간 그 향으로부터 이미 그들 각각이 다르다라는 것을 바로 인식하게 된다. 입에서 몸에서 느끼는 풍미와 특징도 다르다.

어떤 날은 밥을 해놓고 오래도록 씹으면서 입안에서 요리조리 도망다니는 녀석들을 한참 동안 즐기며 앉아 있기도 한다. 어느 날은 제철 혹은 말린 채소 나물들을 넣고 한솥밥을 해 먹기도 하고 어떤 날은 다양한 녀석들로 술을 담가 먹기도 한다.

올 한해 무슨 일이 있었던 거야?

어떤 흙과 물과 함께 자고 일어났던 거니?

햇살은 공기는 즐거웠니? 하고 곰곰이

그 녀석들로부터 이야기를 들으며

그날 햇곡식을 받은 저녁,

그렇게 오래도록 식탁에 앉아 있었다.

라흐마니노프로
산책을 시작하면
기분이 썩 괜찮다

·

∞

스뱌토슬라프 리흐테르의 피아노 콘체르토 앨범을 플레이리스트에 넣는다.

어제의 질퍽이던 길을 기억하였기에, 방수부츠를 신고 나왔다. 눈이 얼었거나 혹은 그 길 자체가 얼어 맨질하고 미끈거리는 인도를 평소보다 천천히 조심해서 걷기 시작했다.

구름이 없는 선명한 푸른 하늘에 피어 오르는 구름 같은 수증기를 보면서 멈춰 섰다. 오랜만에 카메라를 들고 있었기에 뷰파인더로 거기를 본다.

'아, 예정보다 더 긴 산책 시간이 되겠군. 오늘도 그 케이크 가게의 케이크들은 솔드아웃이 되겠다.'

정오를 향하는 시간이고 사람들도 제법 움직이고 있다.

'영하의 날씨에 내가 움직이지 않았던 동안에도 사람들은 이렇게 활동 중이었을까.' 세상 풍경이다.

얼음과 물과 그리고 눈이 공존하는 호수에 시선을 길게 두지 않고 오늘의 목적지인 몽촌토성으로 향한다.

'겨울이어도 바람만 불지 않는다면 바깥에서도 이렇게 걸어갈 만하구나.'

'평화의 광장'은 제법 평화로웠고, 눈이 그다지 많이 밟혀 있지 않았고 깨끗하였다.

등산복 차림의 사람들이 둘둘씩 걸어오고 있었다.

우리는 서로 거리를 두고, 아마 눈도 마주치지 않고 걸어간다.

귀에서는 연주가 여전히 흐르고 있다.

나도 모르게 산책 진입로를 지나쳐 버렸다. 그래서 오늘은 지나지 않으리라고 생각했던 '시간의 통로'에 오늘도 서 보게 된다.

문득, 어제 오랜만에 들어본 나의 음악을 떠올렸다. 7월 19일 그 여름에 나는 곡들을 만들어 남겨뒀었다. 통로에서 위를 보니 맑은 파아란 하늘에 미려한 구름이 아주 약하게 흘러가고 있었고, 손을 그곳으로 뻗으면 손가락 사이로 감태처럼 걸려 잠깐 쉬어갈 수도 있을 거 같았다.

요즘은 마음이, 겨울 피부만큼이나 건조해져서 감성적인 무언가는 할 수 없을 거 같아 뭔가 모를, 무슨 단어로도 표현 못할 무엇이 그 구름처럼 손가락으로 걸려들어 왔다.

정말 무언가 느낌이 와서 오른손바닥을 편다. 거기를 왼손가락으로 만져본다.

지지난해 가을처럼 숲으로 들어가지는 않았다, 오늘은. 쌓인 낙엽들을 부수는 내 발자국 소리로 인해 겨울잠을 자고 있는 그 어떤 녀석들이 놀랄까봐.

그냥 토성으로 향한다. 플레이리스트 마지막 곡에 이어 가곡을 연결해 넣었다. 프리츠 분더리히의 둥근 연가가 숲 부근에서 막 언덕으로 오르려는 나에게만 들려 온다. 어쩌면 다른 누군가의 귀에도.

이곳에 오기 전에는 늘 잊고 있지만 도착하면 늘 마음을 끄는 처연한 나무가 하나 있다.

올 때마다 그 아래 서서 위를 한참 동안 쳐다본다.

'네가 있었지… 안녕… 안녕.'

언덕에는 눈썰매를 타도 될 만큼 두툼하고 풍성한 눈이 있었다. 어쩌면 누군가는 이미 그러하였나 보다. 마치 방향을 위에서 아래로 빗질한 젖은 머릿결 같은 형상이 한 컷에 잡혀 있다.

막상 이렇게 목적지에 오면 길게 머물지는 않는다. 목적지에서 사진 찍으려고 나왔으나 목적지에서는 찍을 게 거의 없다, 오는 도중에 내 발목을 잡는 피사체들이 있고 결국 그것이 아름답고.

돌아 나오는 길에 플레이리스트에 드레이크를 넣는다.

그 길로 그 케이크 가게로 향했다. '우와' 상상치 못했던 엄청 긴 기다리는 사람들의 줄이 굽이굽이 겹으로 이어진 것을 보았다. 그래서 차선의 다른 과자점으로 갔고, 눈처럼 하얀 '케이크 노엘'을 골랐다. 초 몇 개를 하겠냐고 묻길래, 없어도 된다고 했다가 "아, 하나만 주세요"라고 하였다. 케이크 상자를 들고 집으로 곧장 향했다.

생일에는 초에 불을 켜고 소원을 비는데, 사람들은 그 타고 남은 초를 어떻게 하지? 하고 궁금해졌다. 왜인지 소원을 빌었던 초를 쓰레기통에 버리는 건 뭔가 좀 망설여진다.

모두 다 타고 최대한 사라질 때까지 기다려야 하는 것일까?

그럼 어디쯤에서 '후~' 불고 꺼야 하는 거지?

24개의 매듭,
8개의 엮임,
2개의 돌림못
·

>

한 몇 년 전에 좀 부러진 우산이 있었다. 우산지붕이 찢어진 것은 아니고 멀쩡해서 딱히 버릴만한 것도 아니었다. 그렇다고 사용을 하는 우산도 아니었다. 그냥 방치한 채로 현관 한쪽 구석에 세워 두고 있었지만 한 번씩 넘어지면 사용하지 않는데 가지고 있는 좀 망가진 물건이라는 것을 자각하게 했다. '저것을 버린다면 어디에 버려야 하나?' 일반 쓰레기봉투에 들어갈 물건으로는 적합하지 않은 거 같다고 여겨졌고, 저 길이만큼의 봉투에 당장 가득 채울 쓰레기도 있지 않았다.

분리를 해서 분리수거함에 각각을 넣어야겠구나 싶었다. '주재료가 천, 쇠, 플라스틱. 이 세 가지를 분리해줘야겠다.' 일단, 우산 지붕인 천을 떼어내어 본다. 칼과 가위를 이용해서 우산살에 지붕을 묶고 있는 실들을 잘라내기 시작했다. 보통, 우산을 사용하다 보면 이 실이 풀려서 지붕이 비틀어지는 경우가 있었는데, 막상 이것을 풀고 끊어 내려 하니 녀석들은 무척 단단하고 탄탄하게 묶여 있어서 그저 쉬운 일이 아니었다. 딱 붙어있어 끊어내는 데 애를 먹었고 제법 시간을 잡고 있었다. 한참을 해체에 집중. 그렇게 24개의 매듭들을 끊고 풀고 '하…' 한숨을 돌린다. 아직 8개의 살대의 엮임을 더 분리시켜야 하고, 아래 끝과 윗끝의 손잡이와 꼭지도 풀어줘야 한다.

가벼운 마음으로 분리를 시도하였던 나는 웅크리고 앉아서 그것을 진지하게 오랫 동안 풀고 있었다.

손 여기저기에 보이지 않는 상처가 생겨서 따끔따끔 쓰렸다.

맺어지고 끊어지고
연

그리스식
커피
·
()

"칠십 년도 넘게 거의 평생을 여기서 살아와도 나는 울룰루에 못 가봤는데, 남한에서 온 킴은 울룰루에 다녀왔구나."

빠뿌(παππού)는 커피를 만드는 중이다. 그 옆에서 여행 이야기를 도란도란 나누며, 단연 커피 마스터인 빠뿌로부터 오늘도 그리스식 커피를 전수받는 중이다. 어릴 적 학교 앞에서 쪼그리고 앉아 달고나에 열중하던 그때 그 아이처럼.

주말, 가족 식사가 있는 날.
우리는 모두 모였고, 빠뿌가 새벽 바다에서 직접 잡아온 생선으로 튀김을 하셨다. 예야(γιαγιά)와 함께 마당에 있는 텃밭으로 나왔다. 작은 포도 넝쿨도 있는 예야의 텃밭에서 따온 채소로 집밥을 해주셨다. 빠뿌는 직접 농장에서 올해 수확해 담근 올리브를 무척 자랑스러워하며 "여기 와봐, 킴"이라고 부른다. 올리브와 갓 짠 신선한 올리브유를 맛보며 그가 정말 자랑스러워할 만하다고 감탄이 된다.

DYAN의 Looking for knives를 들으면서 가만히 누워 있었다.
목과 등이 아주 펴지도록 천정을 향해 곧게 누워 있었다.
평화로운 몸과 마음 상태라고 느끼고 있었는데 스르르 눈물이 났고 감은 두 눈에 점점 고이기 시작했다.

예야가 돌아가셨다고 한다.
내 손을 잡고 텃밭 식물이야기며 음식이야기를 해주시던 예야.
그 부드러운 손 그리고 허그를 하면 참 작은 몸, 한곳을 가만히 바라보다 눈이 마주치던 그 시간이 떠올라….

그리스식 커피는 오늘 이 아일랜드식탁에서 고요히 울려 퍼진다.

U턴해서 가면 돼, 괜찮아
@

저거 안 보이나? 저기 있네, U턴 표지판. 저기 안 있나!

우리는 어둑한 호텔 앞의 큰길을 따라 다리를 건너다가 표지판을 발견하고 서로에게 '저기 있네' '저기 있네' 하고 주고받는다. 오른쪽에는 축구장의 불이 밝다.

"호정아, 이모 아코디언 연주하는 거 아나?"
"이모, 아코디언 연주하는 요리사네?"

이모의 짜장면을 좋아한다. 아니, 이모의 음식 모두를 좋아한다. 몇 년의 긴 시간 동안 보지 못한 세월 후에 만났을 때 이모는 집에서 짜장면을 만들어주었었다.
"이모야, 집에서 어떻게 짜장면을 이렇게나 맛있게 만들 수 있노?"

짜장 볶는 법에 대해서 자세하게 비법을 알려주는 이모.

지금은 요양원의 할머니 환자들을 위한 요리를 해주는 우리 이모.
할머니들도 이 요리사의 짜장면을 좋아한다고 한다.

이모는 텃밭에서 직접 키운 채소로 요리하고 고기를 능숙하게 잘 다룬다.
예전에는 소를 키웠던 시골 이모네에 가서 처음으로 그렇게 많은 반딧불이를 보았었다.
나는 몇 살이었던가, 그때 채 아홉 살도 되지 않았었다.

하지 못할 음식이 없다는 걸 처음 알게 해준 나의 이모.

오늘 할머니들 앞에서 아코디언 연주를 울릴까.
울릴까.
울릴까.

오리살코기 볶음.

이모가 직접 다 다듬었다는 오리고기살을 나에게 주고 이모는 집으로 내려갔다.

서양식으로 절인 오리고기를 요리해본 이후 참으로 오랜만에 오리로 무언가 만들어보게 되었다.

"이모는 어떻게 오리고기 해먹노?"

이모의 요리법을 그렇게 받자마자 나도 요리해 먹어 보았다.

향긋하다.

오리고기가 향긋하다니.

그리고 어머니가 가끔 만들어주시던 오리고기죽을 만들어보았다.

그날 저녁 식사 이후 어둑한 밤에 함께 걸었다.

그리고 아직 어둑한 새벽에 떠났다.

아일랜드식탁

초판 1쇄 발행 2022년 8월 10일

지은이 김호정
펴낸이 이지은
펴낸곳 팜파스
기획 · 진행 이진아
편집 정은아
디자인 박진희
마케팅 김민경, 김서희

출판등록 2002년 12월 30일 제10-2536호
주소 서울시 마포구 어울마당로5길 18 팜파스빌딩 2층
대표전화 02-335-3681   **팩스** 02-335-3743
홈페이지 www.pampasbook.com | blog.naver.com/pampasbook
인스타그램 www.instagram.com/pampasbook
이메일 pampas@pampasbook.com

값 14,000원
ISBN 979-11-7026-502-3 (03810)